「女」という制度

トマス・ハーディの小説と女たち

土屋倭子 著

南雲堂

「女」という制度　目次

―トマス・ハーディの小説と女たち

「女」という制度

―トマス・ハーディの小説と女たち

序論
トマス・ハーディとその時代の女たち

一　小説家ハーディの誕生　センセーション・ノヴェルからニュー・ウーマン・ノヴェルへ

トマス・ハーディ（一八四〇–一九二八）は詩人であり、小説家であるが、特に「トマス・ハーディの小説と女たち」について考えるとき、彼が小説を書いた期間はイギリスにおける女性の社会的地位が激変した時期と一致していることに注目しなければならない(1)。この時代、女性は自らの地位向上を求め、男性と対等の権利獲得を目指して、法律、政治、教育、職業といった様々な分野で果敢にフェミニズム運動を展開した。このフェミニズム運動の大きなうねりのなかで、イギリス小説はセンセーション・ノヴェルやニュー・ウーマン・ノヴェルといった「女」が問題となる新しい小説群の台頭をみるわけであるが、ハーディの小説はまさにこうした小説群と密接に連動して書かれたのである。『窮余の策』(一八七一)によって、センセーション・ノヴェリストとしてスタートを切ったハーディは『日陰者ジュード』(一八九五)においてニュー・ウーマン・ノヴェリストのもっとも重要な一人となった。ハーディは一八六〇年代から小説を書き始め、九〇年代後半に小説家としての筆を折るが、その間センセーション・ノヴェルからニュー・ウーマン・ノヴェルへと変化し発展した彼の小説は、文字どおりハーディの関心の在りかと時代の「女」を縛る制度と「女」をめぐる言説が交錯する、興味深い軌跡を示すテクストとなったのである。

　ハーディの小説は一八六七年夏から書き始められ、その年にだいたい書き終えられた「貧乏人と淑女」に始まる。この小説は多くの小説家の処女作が、かれらの関心の在りかとその後の発展の萌芽を胚胎しているように、小説家ハーディの重要な出発点を示している。ここにはその後のハーディの小説で終始扱われることになる「階級」と「女」の問題がエッセンスのごとく凝縮されているからである。しかし結局この小説は上流階級への攻撃の鋭さが偏見に満ちているとして出版されなかった。

　「貧乏人と淑女」から『窮余の策』出版へと漕ぎつける経緯は、フローレンス・E・ハーディの『伝記』に詳しい[2]。『伝記』によれば「貧乏人と淑女」はマクミラン社から出版を断られ、代わりにチャプマン・アンド・ホール社を紹介される。一八六九年一月ハーディはロンドンにチャプマンを訪ね、二〇ポンドの前渡金を出すことで出版の約束をする。ところが、その後連絡もなく過ぎるうちに、突然三月、ハーディは「貴殿の原稿を読んだ一人の紳士に会って、意見を聞くように」という手紙を受け取る。そして会ったのがジョージ・メレディスであった。

　メレディスはこの小説が政治的にも、道徳的にもあまりに厳しい批判に満ちているとして、この際この風刺の調子を和らげるか、それともこの小説はこのままにしておいて、「もっと複雑なプロットをもった小説」を新しく書いたほうがよいと勧めた。ハーディは、おそらく「貧乏人と淑女」の原稿をかたわらに広げて、ある部分はそのまま利用しながら、『窮余の策』を書いたらしい。そして複雑なプロットをもった成功した作品のモデルとして代表的なセンセーション・ノヴェルとされたウイルキー・コリンズの『バジル』や『白衣の女』を参考にしながら(3)、なんとかして「出版の機会を得るために」センセーション・ノヴェリストとしての船出を試みたのである。

　一八七一年、七五ポンドを自ら負担することで『窮余の策』は陽の目をみた。その後ハーディは着実に小説家としての地位を確立していく。主な小説は『緑樹の陰で』(一八七二)、『青い眼』(一八七三)、『はるか群衆を離れて』(一八七四)、『エセルバータの手』(一八七六)、『帰郷』(一八七八)、『カスターブリッジの町長』(一八八六)、『森林地の人々』(一八八七)、『ダーバヴィル家のテス』(一八九一)、『日陰者ジュード』(一八九五)、『恋の霊』(一八九七)などである。勿論これらの他に多くの中編や短編があり、さらにハーディの文学を考える場合、九四七編に及ぶ詩と詩劇などの重要性は言うまでもない。

　さてセンセーション・ノヴェルを手本にして書かれた『窮余の策』は、結果として、当然のことながら、「真のハーディ的な要素とセンセーショナリズムとゴシック的要素が結合されたもの」(4)となった。C・J・P・ビーティは「この小説は二つの部分に分かれる。一三章のシセリアの結婚で終わるまでの部分と、後部三分の一のウイルキー・コリンズばりのセンセーショナルな部分とである」(5)と述べている。

　そもそもセンセーション・ノヴェルは一八六〇年代に集中して流行し、七〇年代に入ると急速に衰えていったジャンルであるが、隆盛をみた一八六〇年代には、特に女たちの間で熱狂的に迎えられた。キャスリン・ティロットソンはこのジャンルを代表するものとして、ウイルキー・コリンズの『白衣の女』(一八六〇)、チャールズ・ディケンズの『大いなる遺産』(一八六〇-一)、ヘンリー・ウッド夫人の『イースト・リン』(一八六一)、メアリ・ブラッドンの『オードリー卿夫人の秘密』(一八六二)を挙げている(6)。これら以外にも、一八六〇年代はブラッドンの『オーロラ・フロイド』(一八六三)、コリンズの『ノー・ネーム』(一八六二)や『月長石』(一八六八)、またアイルランドのウイルキー・コリンズと称されたルファニュの三大傑作、『教会墓地のそばの家』(一八六一-二)、『ワイルダーの手』(一八六三-四)、『アンクル・サイラス』(一八六五)が続々と出版されて、世間を震撼させたのである。こうしたセンセーション・ノヴェルはお屋敷の貴婦人から女中にまで競って読まれ、センセーションは時代の流行語にまでなったという。ちなみに『白衣の女』はまずオール・ザ・イヤー・ラウンド誌に連載されたのち、三冊本として出版されたが、初版は発売日に売り切れた。

ティロットソンはセンセーション・ノヴェルの特質をいくつか述べているが、そのもっとも純粋な形は「秘密をもった小説」であり、隠された秘密は持続して読者の関心をつなぎながら、最後にそれが暴露されて、読者は驚き、満足するとしている(7)。センセーション・ノヴェルは恐怖とスリルにみちた事件—殺人、重婚、ゆすり、詐欺、強盗、立ち聞き、私生児やそれにまつわる出生の秘密—などに満ちており、錯綜したプロットと驚くべき偶然の一致、勧善懲悪の結末などを特色とした。目的は読者にセンセーションを与えることにあったのである。

しかし重要なことはエレイン・ショウオーターが鋭く指摘するように、センセーション・ノヴェルに登場したヒロインたちの「秘密」が彼らの娘、妻、母としての日常生活に隠された不満と深く結びついていたと言うことであろう(8)。結果としてセンセーション・ノヴェルは女性の「怒り、抑圧、そして性的なエネルギーをかつてないほど直接的に表現することになった」(9)のである。ティロットソンに「軽い読み物」と呼ばれた、この娘、妻、母たちを虜にしたセンセーション・ノヴェルは、実はこうした女たちの胸の奥深くに蠢く女性がおかれた状況への怒り、不満、あるいは抑圧されていた性的情念と呼応したがために、彼らに爆発的な人気を博したし、女たちは物語のヒロインたちの中に、自分の情念のはけ口としての代替物を発見したと言えよう。

ハーディはメレディスから「もっと複雑なプロットをもった作品」を書くことを勧められ、『窮余の策』を書いた。この小説はハーディの他の小説には見られないことであるが、各章、各部分が時間によって煩雑なほどに区分されている。これは時が決定的な重要性をもつ探偵小説ばりのセンセーション・ノヴェルにとっては極めて重要なことである。何時何分に事件が起こったのかという詳細なプロットは秘密を解く鍵を、犯人をつきとめる決定的な事実を提供するからであり、それはコリンズの『白衣の女』や『月長石』をみれば明白なことである。『窮余の策』はまさにこのコリンズばりの、探偵小説特有の、錯綜したプロットをもつ小説として書かれたのである。

ここでは「死んだと思われていたがそうではなかった」[10]というセンセーション・ノヴェルの常套手段の秘密―焼死したと思われていたマンストン夫人が実は焼死ではなく、マンストンに殺されていた―がプロットの中心に置かれ、様々な偶然の一致がこれに関係していく。ハーディが晩年、「メレディスの忠告に従ったための不幸な結果」[11]と嘆いた、あまりにもセンセーショナルなプロットに依存した小説となったのである。さらにこのセンセーション・ノヴェルの特色はその後のハーディの小説に、特にそのプロットの構成や偶然の一致、さらに悪人や悪女やファム・ファタールといったメロドラマ特有の登場人物造形などに多大の影響を与えたことも注意しなくてはならないであろう。

しかしながら、前述したように『窮余の策』は単なるセンセーション・ノヴェルではなかった。ハーディはセンセーション・ノヴェルのプロットや主題から実に多くのものを学び、採り入れながら、それらをさらに発展させた。センセーション・ノヴェルで扱われていた様々な女たちの不満はハーディによって、生とは何かという問題として鋭く捉えられ、その後のハーディの小説において女たちの生と性を縛る「女」という制度(12)や言説が一貫して問われることになったのである。

多くのセンセーション・ノヴェリストの描く女たちが、たとえばブラッドンの『オードリー卿夫人の秘密』のルーシーや『医者の妻』のイザベルの内面が深く描かれていない、言ってみれば人形のような女性として描かれていたり、ヘンリー・ウッド夫人の『イースト・リン』のイザベルが厳しく罰せられ、物語が作者のコンヴェンショナルな、「家庭を捨てるな」といったお説教で終わったりしているのにたいして、『窮余の策』には既に後のハーディの小説に続く極めて興味深い関心を見ることができる。

『窮余の策』は錯綜したプロットが読者の関心をひきつけるように巧みに工夫された、まさにコリンズばりの小説であるが、そこではまた登場人物のシセリアや彼女の恋人スプリンググローヴの内面の苦悩が深く掘り下げて描かれている。スプリンググローヴには建築家として世間的、経済的に有利な道を選ぶか、あるいはなんの保証もない文学の道を選ぶかといった、若きハーディ自身が直面していた悩みが投影されているし、シセリアの官能的なマンストンの誘惑に揺らぐ内面やスプリンググローヴへの愛とマンストンとの結婚の板挟みとなる苦悩が、重要な主題として扱われているのである。ここにはスプリンググローヴやシセリアの内部で争われる自己という存在と他者としての社会との葛藤が鋭く意識されている。それゆえシセリアは多くのセンセーション・ノヴェルのヒロインたちと比べると、彼女のセクシュアリティや「自」と「他」のギャップに悩む内面の苦悩といったものがより一層深く捉えられており、ハーディの関心を強く示すキャラクターとなった。彼女の苦悩のなかに、いかにテスへの近さを、あるいは社会と自己との乖離を嘆くスーとの類似を見いだすことができるかは驚くばかりである。以下の引用が示すこの類似点はハーディの生への関心の在りかを示す、極めて重要な箇所であることを指摘しておきたい。

シセリアはスプリンググローヴへの愛を抱きながら、兄の看病などの経済的な理由から、愛してもいないマンストンと結婚しなくてはならない状況に立たされる。結婚を勧める兄オウエンに対して、シセリアは訴える。

「それに、社会や周りの人たちに対するお前の義務からいっても、ともかく、良い妻という体面を保ち、夫を愛するように努めなければならないよ」

「そうなのね。社会に対する私の義務なんですね」と彼女は呟いた。「でも、あー、オウエン、私たちの外の世界と内の世界を、みんなに満足ゆくように調和させるなんて無理だわ！　自分だけのわがままよりも、多くの人々のためを考える方が多分正しいことなのでしょうけれど、多くの人々やその人々への義務というものも、自分の存在があって初めて存在すると考えると、どう説明したらいいのでしょう？　私たちの知り合いだって、私たちのことをどれほど心にかけてくれるでしょうか？　それ程でもないと思います。……（やがて私が死んでしまった時に）あの人たちはほんの一瞬考え、私のためにため息をつき、〝可哀相な娘だ！〟と思い、それで私のことを正当に扱ったと信じるのです。でも彼らが考えているのが、私のたった一つの生きている機会であり、義務を果たす機会であることなど、けっして、けっして判らないと思いますわ。あの人たちにとって〝可哀相な娘！〟という憐憫の言葉で簡単に表現できる一瞬の思いが、実は私にとっては全生涯なのだということが。それはあの人たちの生涯と同じように、希望や恐怖、微笑みや囁き、涙に満ち満ちた特別な毎分、毎時間であることが。あの人たちには、それが私の世界であり、あの人たちのことを思ったとしても、私の世界では、私があの人たちの世界があること、そしてどんなに私があの人たちのことを思ったとしても、あの人たちにとってはあの人たちの世界で一つの思いにすぎないのと同じであることがけっして判らないでしょう。誰も他人のなかに本当に入り込むことはできないの、それがとっても悲しいことだわ」(13)（傍点筆者）

ここには他にとっての自己、自己にとっての他とは所詮、お互いに「過ぎ行く一瞬の思い」にすぎないという生の認識がある。「自」の存在とは所詮「他」が絶対に入り込むことのできない、有機体としての、生命体として個々のいとなみを持つ、小宇宙とも言える存在であることが生の根本として認識されていると言えよう。ハーディは『窮余の策』ですでにこのことを問うているのである。同じ主題が『テス』や『ジュード』で繰り返されていることは次の引用でも明らかである。アレックの子を産み、村人らの好奇の視線にさらされながら、赤ん坊に乳をやるテスの胸に去来するのは次のような思いであった。

あるいは彼女には、自分をこのように落ち込ませているもの―自分の境遇への世間の思いを気にかけること―が実はただの幻想からくるものだということが判ってきたのかもしれない。自分以外の誰にとっても、彼女は一つの存在でも、経験でも、情念でも、感覚の集まりでもなかった。テス以外のすべての人間にとって、彼女はただの一瞬の思いにすぎなかった。友人たちにとってさえも、しばしば脳裏をよぎる一つの思いにすぎないのだ。たとえ彼女が長い長い夜や昼をひとりみじめに過ごしたとしても、彼らにしてみればそれは「まあ、ひとりで悲しんでいるのね」というだけのことだ。また、たとえつとめて明るく振る舞い、陽射しや花々や赤ん坊を愛するようにしたとしても、彼らにとっては、たかだかこれだけのことにすぎないのだ―「まあ、あの娘は一生懸命よくやってるわ！」[14]（傍点筆者）

シセリアがオウエンに訴えた気持ちは「一瞬の思い」という同じ句として、テスの心に蘇っている。

『日陰者ジュード』のスーもまた「他」と「自」の乖離に身悶えする。フィロットソンと結婚したスーは、ジュードに自分が送っている結婚生活の内面を次のように告白する。

「私、ずっと考えていたんですけど」と彼女はなおも感情を制しきれない調子で話し続けた。「文明というものが私たちをはめこんでいる社会の鋳型というものは、私たちの実際の姿とはなんの関係もないのよ、丁度ありきたりの星座のかたちが、本当の星の姿とはなんの関係もないのと同じなんだわ。私はリチャード・フィロットソン夫人と呼ばれて、そういう名前の夫と平和な結婚生活を送っています。でも、私は、そんなフィロットソン夫人なんかじゃないわ、常軌を逸した情熱や、説明のつかない反抗を内に秘め、たった一人感情に翻弄されている女なのです……」(15)（傍点筆者）

スーにとっての「自」とは「他」が見たり、「他」が勝手に想像するものとは何の関係もない、自分が実感する生の真実であると言えよう。このシセリア、テス、スーに見いだされる類似点はどう解釈すればいいのか。

注目すべきことは、ハーディが『窮余の策』の一八九六年二月の序文で「実のところ私の最新の作品（『日陰者ジュード』のこと）が巻き起こした幾つかの特質は、私の最初の小説、一八七一年に出版されたもの（『窮余の策』のこと）に扱われていたのだ……」(16)と述べていることである。しかしハーディがこの『窮余の策』の序文であえて発言し、そこにこめた深い意味は今日まで十分に理解されているとは思えない。筆者にはこの序文のハーディの発言と三人のヒロインたちの類似点はハーディの問題意識を探る上で極めて重要なことを示唆していると思われる。

このようにハーディはセンセーション・ノヴェリストとして出発し、やがてニュー・ウーマン・ノヴェリストとして活躍するが、彼の関心を通底しているのはこうした生命体としての「自」を根底におく生の捉え方であったということである。言い換えれば、センセーション・ノヴェルとみなされている『窮余の策』もニュー・ウーマン・ノヴェルの代表とされる『日陰者ジュード』もハーディのこの生の捉え方が根底にあるということであろう。ハーディにあっては一八六〇年代末に既に問われていた生への関心は、一貫して扱われ、『日陰者ジュード』においてもっとも激しいものとなった。ハーディが後期の小説において、「自」のなかの生の真実を凝視し、生におけるセクシュアリティを問題とし、「自」と「他」の有り様を考え、「自」に対峙するものとして、社会における宗教、学問、結婚といった「制度」の意味を問いなおすことは、彼の問題意識からいって当然の帰結であった。ハーディは後期の小説において、輩出した多くのニュー・ウーマン・ノヴェルと連動して、特にポレミカルに、初期の作品よりも、一層激しい形で「女」をめぐる制度の問題を扱うことになる。

一八八〇年代、一八九〇年代に輩出したニュー・ウーマン・ノヴェル（エレン・ジョーダンによれば、ニュー・ウーマンという呼称は一八九四年五月二六日号の『パンチ』によって定着したという）(17)は、特に女のセクシュアリティを描き、結婚制度と両性のあり方を問題にしていることに特色を見いだすことができる。いわゆる「家庭の天使」に満足できない「新しい女」はつとに、フェミニズム運動の台頭と共に社会の耳目を集めていたことは、E・リン・リントンがサタデー・レヴュー（一八六七年一二月七日号から）に発表した「当世風の娘」を始めとする一連のエッセイによく示されているところである。保守派の代表的論客であったリントンはサタデー・レヴューに発表したエッセイを『当世風の娘』と題して二巻本にまとめた、一八八三年の時点においてさえ、その序文において「私は今も、これらのエッセイを書いた時に考えたと同じように、女にとって、公の専門的な仕事をする生活は女の最高の義務を果たしたり、もっとも気高い特質を生かすこととは両立することはできないと考えている」(18)と強調している。「家庭の天使」におさまりきらない、当世風の「新しい女」は六〇年代において、すでに揶揄の対象として雑誌の恰好の材料となっていたのである。

こうしたなかで、八〇年代、九〇年代のニュー・ウーマン・ノヴェルは、様々なかたちで、それまでの伝統的な女のあり方を問いなおすことになった。女たちの新しい生き方の模索はそれぞれの小説のヒロインたちによって、問われ、取り上げられた。オリーヴ・シュライナー（一八五五―一九二〇）の『アフリカ農場物語』（一八八三）では、リンドールは社会における女性の不平等と結婚制度を問い直し、結婚制度の外で生きる道を選ぶ。ジョージ・ギッシング（一八五七―一九〇三）は『余った女たち』（一八九三）のローダ・ナンによって、「結婚しないで、職業をもって生きる女」という選択肢を描いてみせた。またジョージ・ムア（一八五二―一九三三）の『旅芸人の妻』（一八八五）のケイト・エドやグラント・アレン（一八四八―一九四三）の『やってのけた女』（一八九五）のハーミニア・バートンでは結婚制度から逸脱した女性の悲劇が追求されたと言えよう。さらにニュー・ウーマン・ノヴェリストとして重要なのは、シュライナーも含めた、世紀末の群小女性作家の存在であろう。ショウオーターは『デカダンスの娘たち』（一九九三）と題した、シュライナー、ジョージ・エジャトン（メアリ・チャヴェリタ・ダン）（一八五九―一九四五）、セアラ・グランド（一八五四―一九四三）やアメリカのケイト・ショパン（一八五一―一九〇四）、イーディス・ウォートン（一八六二―一九三七）などの短編集の序文で、こうした群小の女性作家らが、それ以前にはみられないほど赤裸々に女性のセクシュアリティや結婚制度への不満や彼ら自身の文学上の理論や理想を表現しているとして、彼らこそヴィクトリア時代の小説とマンスフィールド、ウルフ、そしてスタインらのモダン・フィクションをつないでいる、今まで見過ごされてきたミッシング・リンクだと実に鋭く指摘している(19)。

ハーディはこうしたニュー・ウーマン・ノヴェリストたちや、彼らの小説と交渉をもつことになるが、そのなかで、前述したハーディの関心は彼らの活動と呼応してより一層明確に、ラディカルに発言されることになる。ハーディの後期の小説では結婚制度やその道徳的ダブル・スタンダード、離婚制度、そして新しい両性関係が中心主題として問われることになる。ハーディ後期の代表作である『森林地の人々』、『ダーバヴィル家のテス』、『日陰者ジュード』は女のセクシュアリティを扱い、性道徳のダブル・スタンダードを俎上に乗せ、女たちの結婚制度との戦いを正面から取り上げた、もっとも重要なニュー・ウーマン・ノヴェルと言えよう。ハーディの初期の小説が主に「制度」のなかで揺らぐ女たちのセクシュアリティの意味に焦点を当てているのに対して、後期の小説は女たちの生と性を縛る「制度」への激しい一撃となったのである。

ハーディが人間を、あるいは生の真実のすがたをどのように捉えていたかは三人のヒロインたちにみられる類似点として前述したが、そのエッセンスが実に大胆に、率直に述べられているのが一八九〇年一月のニュー・レヴューのシンポジウム「イギリス小説の率直さ」(20)に寄せられたエッセイであろう。この時ハーディは『テス』出版のための改変で苦汁をなめていたのである。このエッセイの中でハーディは後述するグランディズムへの憤懣を縷々と披瀝しているが、さらに突き進んで人間の何を小説家が書くべきかについて、次のように断言している。

「そもそも生とは何かといえば生理学上《フイジオロジカル》の事実なのだから、それをありのままに描くとすれば、それは男と女の関係というものに関わらなくてはならない。〝二人は結婚し、そのあと幸せに暮らしました〟といったお決まりの締めくくりでもっとも良く表されるような結末の代わりに、ありのままの男女の関係に基づいた結末が描かれるべきだ。このことについてはイギリスの社会は、ほとんど超えがたい障壁を押しつけている」と。事実、雑誌の編集者や後述する巡回図書館のシステムによって押しつけられた、様々な制約のために、「誠実な作家」であることがいかにむつかしいかをハーディは嘆き、その制約のために、小説家は「社会の慣習や規範に同調するというみせかけの効果を生じさせるために、登場人物に本来の性質とは反対の行為をさせ」、「自己の文学的良心を偽り」、「グランディストや読者が喜ぶどうしようもなく俗悪な大団円をでっちあげている」と非難した。そして自分は生理学上の一つの事実として捉えられる、ありのままの「男と女の関係」を描くことを追求したのである。ハーディによってイギリス小説には初めて「生理学上の事実」としての人間の生と性が登場することになった。ハーディがセンセーション・ノヴェリストからニュー・ウーマン・ノヴェリストへと発展する軌跡は、ハーディのありのままの男とありのままの女を描こうとするリアリズムの戦いの連続であり、それはまた削除や改変を余儀なく強いられた、屈辱と苦渋に満ちた妥協の道でもあった。しかしこのような戦いを通じてハーディは小説においてかつてないほど人間の生の真実、特に女たちのセクシュアリティを赤裸々に描き、女たちの生と性を支配する様々な制度や言説を激しく攻撃したのである。

二　女たちの戦い　**夫の「隷属物」から自立に向けて**

今までみてきたように、ハーディがセンセーション・ノヴェリストからニュー・ウーマン・ノヴェリストへと軌跡を描きながら小説を書いた時代は、まさに女たちが、一方では大きなフェミニズム運動の胎動のなかで、自由と自立への戦いを繰り広げながら、他方では依然として「女」を縛る制度や「女」をめぐる言説にとらわれているといった、新しさと古さが交錯し、新しい思想と伝統的な言説が拮抗する磁場として把握することができる。六〇年代あるいはそれ以前からみられた伝統的な女性の役割に反対する「当世風の娘」の台頭と、八〇年代、九〇年代におけるニュー・ウーマン・ノヴェルの隆盛という問題はいかなる社会的状況のなかで生じたのであろうか。現実には、特に中産階級（ミドル・クラス）の女たちがおかれた結婚をめぐる状況と彼女たちを縛る結婚/家庭といったイデオロギーの支配があり、またジョージ・ギッシングが『余った女たち』で描いてみせた結婚できない「余った女」の問題などもある。そのなかで現実の状況やイデオロギーに抗して、両性関係を問いなおす「新しい女」の主張がなされたと言えよう。ここではまず、一九世紀の中葉から末にかけて、女性の地位を大きく変えてゆくフェミニズムを中心とした動きを概観し、次にその影響を受けながらも、依然として女たちを縛った言説について考察したい。

歴史的にみれば、ハーディが小説家として活躍する一九世紀後半はE・J・ホブズボームが論ずるように、「資本の時代」から「帝国の時代」へと移行する時代として捉えることができよう。世界で初めて産業革命を達成し、世界の工場となったイギリスは、先頭に立って資本主義経済を全世界へと広げてゆき、やがて追いついてきた国々と激烈な植民地獲得の戦いを繰り広げる。そして当然のことながら、イギリス国内では資本主義を推進してきた中産階級を基盤とするブルジョワ自由主義の前にチャーティスト運動や労働者階級の組織運動が立ちはだかる。

がともあれ、この「資本の時代」から「帝国の時代」へと進む時代の立役者は、資本主義の推進者であった中産階級であった。彼らの信条が、ともかくも時代のヘゲモニーを握ったと言えるであろう。R・D・バクスターによると一八六七年イングランドとウエールズの総所帯数から推定される約二千四百万人中、上流階級(アパー・クラス)は〇・五パーセント以下であり、中産階級が約二五パーセント、七五パーセントは年収百ポンド以下の労働者階級であったとされている(1)。中産階級といっても年収は千ポンドから百ポンドと広がり、アパー・ミドル・クラスが年収の面で上流階級の下辺に近いのに対して、ロウアー・ミドル・クラスの年収は百ポンドやそれを下回る者もいたから、これは労働者階級の中の高度な熟練労働者の年収と変わらず、この境界は極めて微妙であった。しかし、この収入も職種も多様な中産階級はその富裕な商工業者や金融業者を中心に、強力な経済的実力階級として産業化する社会の牽引車の役割を果たしたことも事実であろう。勿論上流階級やいわゆるジェントリ階級（貴族に準ずる大土地所有者など）はこの国の支配層であり続けたし、中産階級は競って上流階級を見習ったというイギリスの特殊性を考慮しなければならない。このイギリスの特異な体質に関しては専門家の研究に譲りたいが、一九世紀の後半を通してイギリスが極めて階級意識の強い社会であったことは明白である。イギリス小説は「クラス」概念なしに読むことはできない。中産階級は常に最下層を除いたレスペクタブルな労働者階級の上昇志向の対象であり続けたし、中産階級の方も上流階級に憧れ、一段でも上の階級に登ることを夢みた。微妙な階級差は人々の間で常に意識されたのである。

一八五九年にサミュエル・スマイルズの『自助論』が出版されるや、二万人の若者に競って読まれ、続く三〇年間に一三万部が売れたというから、スマイルズがくりかえし称揚したセルフメイド・マンの理想がいかに時代の若者の心を捉えたかがわかる。裸一貫で、財産も庇護もなく、自己の才能と努力のみを頼りとして、刻苦精励し、成功を手中に収めた輝かしい人々を次々と取り上げ、その自助の努力を褒めたたえたこの書は、人々の階級上昇志向をあおり、少しでも上の階級へとのしあがる成功の夢をかき立てた。現実はけっしてそれほど単純なものではなかったのだが、時代の一つの精神として人々に受け入れられたことは否定できない。

さてこのような階級社会にあって、女たちのおかれていた状況は階級によって甚だしく違っていた。上流階級の女たちは equity（衡平法と呼ばれ、コモン・ローの不備を補う法律）の恩恵を十二分に享受し、法的に独自の収入や財産を持つことが許されていた。他方、労働者階級の女たちの生活は日々の糧を得るのに精一杯であり、財産など持たなかったので、彼らはコモン・ロー（イギリスの慣習法で無数の判決、長年の慣習などに基づいて作りあげられた法律）の影響の圏外にいたといえる。結婚した女性の権利を一切認めなかった厳しいコモン・ローの影響を一番強く受けたのは、中産階級の女たちであった。さらに中産階級の女たちは、産業革命と共に進行した職場と家庭の分離という社会状況のなかで、後述するように中産階級の家庭の守り手としても封じこめられることになった。ここではこの中産階級の女たちに的を絞って考えてみたい。

中産階級の女たちがコモン・ローによって縛られた結婚の法的立場とは、どのようなものであったか。一五三八年に国教会が、誕生、結婚、死を記録することを導入して以来、個人の生活のサイクルは国家と宗教によってコントロールされるようになった。結婚は個人の私事ではなかったのである。その後、教会外での、許可証なしや登録なしの結婚も有効とされる時期があったが、「秘密の結婚」の弊害が出てくるに及んで、一七五三年にいわゆるハードウィック卿の婚姻法が実施されるに至った。これは結婚が国教会の教会で執り行われた場合のみ有効であるとして、結婚が公の、登録された契約であること、すなわち教会と国家による承認を受けた契約であることを宣言したものであった。国教会の影響力は非常に強く、ユダヤ教徒やクエイカー教徒の結婚の登録には特別の取決めがなされたし、カトリック教徒や非国教徒たちは国教会の儀式に従うことを強制され、もし彼らがこれに従わないときは、彼らの子供らは非嫡出児とみなされ、財産相続にも影響を受けたのである。こうした状態に対する不満は一八三六年の法の改正を待って解消された。そのときに至って初めてカトリック教徒や非国教徒は自分たちの教会で結婚式をあげることが可能になった。さらにこの法改正は、宗教と分離した登記所での結婚を可能とした点でも画期的であった。

こうして国教会(国家と教会が一体化した)は結婚をコントロールしたわけだが、そうして結婚した女性の法的地位とは実に哀れなものであった。ジョーン・パーキンによれば一八五四年にバーバラ・ボディション(ケンブリッジのガートン・コレジの創立者の一人)が発表した「イギリスにおける女性に関するもっとも重要な法律のサマリー」が詳しく女性の法的立場を述べているという。ボディションによればイギリスのこうした法律は成文化されておらず、法の実態を知ることは極めて難しいとした上で、コモン・ローにおける女性の法的地位は中世とたいして変わっていないとしている(2)。以下「サマリー」によると、結婚により夫と妻は「一人の人間」になる。厳密に言えば、これは妻が半人前の権利を持つということではない。法的には夫が二人を代表する。だから妻は夫の庇護のもとにある、coverture(夫の保護下の妻の身分)と呼ばれた。結婚と同時に妻は自分の財産の全てを失う。妻の所有する財産、動産、不動産の全ては、法的になんらかの措置がとられていないかぎり、完全に夫のものとなり、夫は自分の意志で自由に処分できた。勿論、このようなコモン・ローへの不満は衡平法によって補正されてはいたが、多くの妻たちがコモン・ローゆえの夫の横暴に泣いていたことも事実である。夫のものとなったのは妻の財産だけではなかった。子供も夫のものとなった。また妻にとっては離婚の自由はほとんどなかったのである。

このような女性がおかれた不平等に対して、イギリスにおけるフェミニズム運動の嚆矢と言われるメアリ・ウルストンクラフトの『女性の権利の擁護』(一七九二)やJ・S・ミルの『女性の従属』(一八六九)がバイブルとなって戦われた女性の権利獲得への長い道のりがあったと言えよう。フェミニズムは一九世紀を通しての時代思潮であった。女性の権利獲得を目指して様々な戦いが繰り広げられたのである。一八七〇年の「既婚女性財産法」は妻の財産保有を可能とした。一定の条件の下で妻は自分の収入、貯金、遺産を所有することができるようになったが、基本的にはまだ法的に妻は夫の庇護の下にあるという点ではコモン・ローの精神はしっかり生きていたと言える。しかし、一八八二年の「既婚女性財産法」はそれまでの法よりもはるかに進んだものとなり、この法により、既婚女性は夫とは別個に自分の財産を持つことが可能となった。夫婦間の財産に関するかぎり、コモン・ローの夫婦一体の原則は廃止されたのである。

子供の養育権をめぐっては、有名なキャロライン・ノートンの戦いがある。父親が正常者であるかぎり、母親は子供に対していかなる権利も持たず、父親は適当と判断すれば意のままに母親から子供を引き離すことができた。離婚した場合には、子供の養育権は父親に属していた。離婚により子供を取り上げられたキャロライン・ノートンは一八三七年に「コモン・ローによる父親の権利のために悪影響を受けている母親の生得の権利について」というパンフレットを書き、二年後の一八三九年に「未成年者保護法」を成立させた。この法律によって女性は初めて七歳以下の自分の子供にたいする養育権を認められた。キャロライン・ノートンによって突破口が開かれたこの法律は次第に母親の権利を認める方向へと進み、一八七三年の「保護法」では子供の年齢が七歳までとなっていたのが、ある条件では一六歳まで認められるに至ったし、一八八六年の「保護法」では子供の幸福こそもっとも考慮すべきであるとされ、さらに父親が死んだ場合、母親が初めて単独の後見人となることが認められたのである。

さらに結婚制度を解消しようとする離婚の自由を求める戦いも重要であった。国家と教会による公認を基盤としたこの時代の結婚制度は、そもそも神が結婚させたものとして、解消は不可能という前提にともかくも立っていた。その観点からいって、非常に大きな意味を持つのが、一八五七年に成立した「婚姻訴訟法」である。この法律の成立までは、七〇〇ポンドから八〇〇ポンドの費用を要し、訴訟ともなれば数千ポンドの出費を覚悟しなくてはならなかったそれまでの離婚は、実際には上流階級にしか許されていない制度であったと言えよう。グラッドストンが一八五七年に、議会で述べたところによれば、一七六五年から一八五七年までに二七六の離婚件数しかなかったと言うから(3)、それまでの離婚法がいかに有名無実であったかが理解できる。実際、離婚費用など工面できなかった貧しい人々のなかには『カスターブリッジの町長』(一八八六)のヘンチャードのように競売にかけて妻を売りとばした者もいたという。

一八五七年の「婚姻訴訟法」が可能にしたのは、ロンドンに新たに離婚のための民事裁判所が設けられ、安い費用で裁判による離婚への道を開いたことであった。しかし、この法は夫の側は妻の姦通を証明するだけでよかったのに対して、妻の側は夫の姦通だけでなく、近親相姦、強姦、男色、虐待、遺棄などを証明しなければ離婚できないという、男性と女性のダブル・スタンダードを明文化した、悪名高いものとなった。妻の姦通は父親が誰であるかに関わる財産相続にとっての基本的な問題であったから、これは即刻離婚されるべきであるが、夫の姦通は離婚するほどの意味はもたないという、暗黙裡の了解があったが故の法であると言えよう。離婚への道はともかくも開かれたとはいえ、女性にとっては厳しいものであった。『森林地の人々』(一八八七)ではこの法律が物語の主要なテーマとなっていることはあまりにも有名である。この「婚姻訴訟法」のダブル・スタンダードが変更され、夫と妻がまったく同等の立場に立って離婚請求ができるようになるには、一八八四年の「離婚法」などを経て、一九二三年の「離婚法」まで待たなければならなかった。このように、結婚をめぐって、妻の財産権、子供の養育権、離婚の権利といった面から女性の地位は徐々にではあるが、少しずつ男性と対等なものへと高められていった。

またこの世紀中葉以降話題とされる結婚できない「余った女」の問題は女たちの教育や職業についての関心を呼び起こすことになった。一八五一年の国勢調査によれば、女性の過剰人口は五〇万人を越えていたし、その中で実数ははっきりしないとしても、結婚したくてもできない独身女性の増加が社会の耳目を集めていたことは事実である。中産階級の女たちのほとんどは、娘時代からたいした教育も受けていなかったし、基本的には結婚を目的とした育てられ方しかされていなかったから、結婚できないということは非常事態であった。結婚の対象となる中産階級の独身男性たちがいわゆるレスペクタブルな中流生活が可能となる経済力を手に入れるために晩婚の傾向にあったことや、多くの男性が海外の植民地などに出て行ったことなどの事情から、中産階級の女たちが自分に相応しい結婚相手を見つけることが難しいという状況もあった。

結婚できない中産階級の女たち、しかも満足な教育も職業知識もない女たちが品位を落とさないでできる仕事といえば、いずれも低賃金の三種類しかなかったと言われ、それらのどれにも求職者が殺到した。三種類の職とは住み込みの家庭教師と、小規模な私立学校の先生と、金持ちの婦人の話相手として住み込むカンパニオンと呼ばれた仕事であった。『窮余の策』の冒頭で、父を亡くしたシセリアが新聞広告でミス・オールドクリフの住み込みのカンパニオンとして職を得るのはよく知られている。

「余った女」の問題は女性の教育や職への関心を集め、フェミニストらによって、家庭教師としての訓練を与えるために、ロンドンにクイーンズ・コレジ(一八四八)やベドフォード・コレジ(一八四九)が設立された。さらに一八六〇年代、七〇年代にはガートン・コレジやニューナム・コレジ(ケンブリッジ)やサマーヴィル・コレジやレイディ・マーガレット・ホール(オックスフォード)が創立され、女子の高等教育への道が開かれた。(ただし、男子と同じ資格で授業に出席できる権利は一九二三年まで与えられなかった)。女性の職場進出を進めるために「女性雇用促進協会」(一八五七)が作られ、職を求める女性に援助の手が差し延べられた。フェミニズム運動は様々な分野で女性の地位向上に強い力となって働いた。そしてこの大きなうねりが世紀末から二〇世紀初頭にかけての、サフラジェットと呼ばれた、凄まじいとも言えるエメリン・パンクハーストらによる選挙権獲得運動へと結集されていったのである。

このように、特に一九世紀後半は女たちの権利獲得が次々と実現されてゆく。ニュー・ウーマン・ノヴェルの台頭にはこのフェミニズム運動が中心的役割を果たしたことは言うまでもない。

しかしながら、こうしたフェミニズム運動が興った原因はけっして単純なものではないであろう。フェミニズム運動が興った根底には、人間や社会の有り様に対して新しい視座がもたらした、世界観の変化、あるいは知的パラダイムの転換が考えられるからである。特に、女性のセクシュアリティが大胆に扱われ、制度としての結婚や離婚が見直されるに至った背景には様々な思想が働いていたことが考慮されるべきであろう。

時代の知のパラダイムを考えるとき、まずダーウィニズムが与えた衝撃を看過するわけにはいかない。ダーウィニズムが生物科学からの性差の証明として働いた点は後述するとおりだが、ダーウィニズムが人間を道徳的にも知的にも特殊な存在とする見方から、人間を動物という同じ生物としての線上においたことがもたらした意味は測り知れない。人間が生物としての原点を回復したこと、それは人間の生物としてのあらゆる欲望の確認を意味したし、特にセクシュアリティをめぐって女たちを取り巻いていた制度や言説のタブーへのあからさまな挑戦をうながしたと言える。この点は強調してもしすぎることはないと筆者は考える。ダーウィニズムが与えた正と負のインパクトの大きさは最近の研究によりますます明らかにされていると思われる(4)。

また一九世紀初頭にあらゆる不平等から解放された共同体社会の理想を標榜して呱々の声をあげたソシアリズムとフェミニズムが相互に与え合った影響も重要である。マイケル・メイソンはイギリスの一八三〇年代末に「性の革命といえるものが予測される」と述べている(5)。ロバート・オウエン（一七七一－一八五八）を中心とするオウエン主義者たちによって既存の結婚、離婚、性道徳を根本から覆すと思われる、ラディカルな両性の結合が提言されその実践がなされたという。オウエンは社会主義者として多岐にわたる活躍をした人物として知られているが、イギリスの結婚制度や離婚制度を激しく弾劾する文書を一八三四年、あるいは一八三九年という早い時期に発表している点はもっと注目されてもよいのではないか。「結婚、宗教、私有財産」（一八三九）と題した小論ではイギリスに於ける「私有財産および宗教」と結びついた不合理な結婚制度を攻撃し、両性の合意の上に成り立った、オウエンのいう「合理的な」新しい結婚と離婚のあり方を提言している。両性の自由な意志による結びつき、聖式としての結婚制度の否定、結婚制度そのものの問いなおし、離婚制度の改革と自由といったオウエンの主張は、驚嘆するばかりに、世紀末のニュー・ウーマン・ノヴェルで扱われる問題を予測している。オウエニズムはJ・S・ミルにも影響を与えていることからしても、ソシアリズムとフェミニズムの関係は今後研究されるべき極めて重要な多くの問題を孕んでいると思われる。

さらに女性のセクシュアリティや権利獲得の問題について考えるとき、どうしても避けて通れない点は、トマス・マルサス（一七六六―一八三四）の『人口論』（一七九八）を発火点として、その後バース・コントロールを押し進めることになるニュー・マルサシアニズムなどの運動であろう。一九世紀初頭、人口問題に端を発し、労働者階級の貧しさからの解放を目指し、子供の数を減らすことを目標に進められたこの運動は、様々な宗教的、道徳的抵抗に遭いながらも、一九世紀から二〇世紀に向けて世界に広まっていったことは、あらためて述べるまでもない。しかしこのバース・コントロールを広める運動が妊娠の恐怖から解放された自由な性交渉という意味で女たちにもたらした意味と影響は、今日まで十分に認識されているとは思えない。避妊を伴わない自由恋愛や自由な性関係が女性の自由と自立にとっては、まさに「絵にかいた餅」にすぎないことは明白である。バース・コントロールの普及を待って、初めて女性はみずからのセクシュアリティをそのものとして享受することが可能となった。バース・コントロール運動をめぐる様々な事象を理解することは、女性の自由と自立を考える上で必須であろう。ここにもまたさらに掘り起こされるべき多くの問題があると言えよう。

このように多くの要因が互いに作用し合いながら、女性の地位は少しずつ向上していったし、女性は次第に自由と自立を手にしたのである。

三　女たちを縛った言説　**様々な装置からのメッセージ**

さて次にはこのような変革の思想の流れのなかで、新しい、自由で、対等な両性関係の主張がなされ、現実にはその成果を挙げていった一方で、女たちを縛る言説は様々な装置をとおして、しっかりと作動していたことも考えなければならない。以下女たちに働きかけた装置とそのメッセージについて考えてみたい。グレアム・ターナーによれば言説とは「個々の、あるいはグループのテクストに跡づけられる社会的に作りだされたアイディアやものの考え方のことであり、それらはより広範な歴史的、社会的構造や関係において捉えられるべきものでもある」(1)としているる。問題は社会的に容認された言説は、個人が意識する以前に個人のなかに入り込んでいるということであろう。社会の言説は、外から個人を縛るだけではなく、個人の内にあって、個人の精神、心のあり方を規制するのである。人々がたとえば「女は女らしく、男は男らしく」といった言説にいかに捉われているかは、二〇世紀後半から現在に至るフェミニズムの動きをみても明らかであろう。言説は執拗に人々を捉え、外的状況が変わっても、その呪縛は人々の精神のなかに生き続けるからだ。言説は見えざる「制度」とも言えよう。「女」という制度は外と内から女たちを支配したのである。

その意味から以下女たちに働きかけた様々な装置とそのメッセージについて考えてみたい。それらの装置とは説教壇、様々なガイド・ブック、生物科学、グランディズムという「検閲制度」の分野に大別されるだろう。

(一) 説教壇から——結婚/家庭という聖域

一九世紀を通してイギリスにおける国教会(高教会派、低教会派、広教会派など)や非国教会(長老派、メソディスト、バプティスト、会衆派、クエイカーなど)、またカトリック教会が上流階級、中産階級、労働者階級を縦断しながら入り交じっている状況は実に複雑で、簡単に論じられるものではない。しかし、しばしば引用される一八五一年三月三〇日のイングランドとウエールズの教会出席者数は当時の宗教人口のある程度の見取り図を与えてくれる(2)。ここに表れた数字はマイケル・メイソンも指摘するように、まさにこの日の教会出席者のスナップショットとも言えるものにすぎなくて、この日国教会の礼拝に出席していない者のなかにも国教会で洗礼を受け、国教会で結婚式を挙げ、子供たちの洗礼も国教会で受けさせていた者が、文字通り幾十万もいたことは想像に難くない(3)。

がともかく、この調査によるとその日、約一千八百万弱の全人口のうち四割が教会には出席しておらず、約一千万の出席者のうち、国教徒は五割強、四・五割強が非国教徒、〇・四割弱がカトリック教徒となっており、国教徒と非国教徒が数の上で伯仲していることがわかる。産業革命以降国教会体制への批判と不満は国教会の内と外で激しさを増していた。国教会の内部ではオックスフォード運動や低教会派を中心とした福音主義運動などがあり、外ではたとえば国教会の内部から興ったメソディズムの隆盛があった。メソディズムは国教会から独立して、メソディスト各派として発展し、下層中産階級や労働者階級に信者を広め、非国教会派のなかのもっとも有力な宗派となっていく。

下層中産階級から刻苦精励して商店主や職人として成功した者はたいがい会衆派かバプティス

トになり、その後社会的な地位が上昇したら、長老派かクエイカーに属することが多く、最後に功なり名遂げたら地所を手に入れ、商売から引退して国教徒になったと言われるように(4)、一人の人間が社会的地位の上昇に伴い、宗派を変えることもよくみられたのである。ジョージ・エリオットの『ミドルマーチ』で銀行家として町の名士になり国教徒となっているバルストロードが若い頃ロンドンで非国教徒のチャペルに出入していたことを隠していることはこの間の事情をよく物語っている。こうした事情の中で説教壇も当然国教会の教会と非国教会のそれほど形式ばらないチャペルとに分けられる。まず国教会の説教壇を見よう。

イギリス国教会はそもそも教区民の誕生、結婚、そして死を教区登記簿に登記させることで、人々の生活を国家と一体化した宗教によりコントロールしていたわけである。結婚についてもその登記には当事者二人と証人の署名が求められ、その記録は教会事務所に保管されることになっており、これに従わない者は罰せられた。イギリス国教会の『祈禱書』は「朝の祈り」「夕べの祈り」から始まり、堅信礼を受けるための「カテキズム」と言われる教義に関する一連の問答集や種々の礼拝の形式といったものを聖職者と国教徒に示すものであるが、そのなかでも重要なのは、生まれた子供の洗礼、結婚そして葬式に関する聖式であろう。人の誕生、結婚、死という一生のサイクルは国家と宗教という制度のなかに組み込まれ記録されたのである。

それでは神の御前で執り行われる結婚とはいかなるものなのか。イギリス国教会の結婚についての公式の見解が『祈禱書』に次のように述べられている。結婚はなによりもまず、神の御前で執り行われる聖なる儀式であり、結婚の目的は第一に子供を産み育てることであり、第二に(結婚しない場合には陥るかもしれない)姦淫の罪を免れるためであり、第三に幸福な時も不幸な時も互いに支え、助け、慰め合うためであると。

結婚は神の執り行う聖式であるから、これを人が分かつことはできないとし、聖式としての結婚は神の名のもとに解消不可能とされた。結婚外の男女関係は禁じられ、一夫一婦制度は結婚の根幹におかれた。

結婚式に臨んだ二人は牧師に導かれて、誓いの言葉を繰り返すのだが、ここで牧師が語りかける言葉が夫と妻では微妙に、しかしはっきりと区別して用いられていることに注目したい。「……あなたは彼女を愛し、慰め、敬い、健やかなるときも、病めるときも……」と夫に呼びかけるのに対して、妻には「……あなたは彼に従い、仕え、愛し、敬い、健やかなるときも、病めるときも……」と語りかける。そしてこれに対して、夫は「死が二人を分かつまで妻を愛し、慈しむ……」と答え、妻は「死が二人を分かつまで夫を愛し、慈しみ、従う……」と誓う。妻の側には「従い、仕える」という言葉が付け加えられている。

式に続く牧師の説教でなによりも強調されるのは、夫と妻への義務の教えである。夫に対してはペテロ書を引いて「夫たる者よ、汝らその妻と知識にしたがひてともに住み、己より弱き器の如く敬い、命の恩恵をともに継ぐ者としてこれを貴べ……」と説く。またパウロのエペソ書を引いて「夫たる者よ、キリストが教会を愛し、これがために己を捨てたまひしごとく汝らも妻を愛せよ……」と妻への愛を諭す。妻に対しては同じくパウロを引き、「妻たる者よ、主に従うごとく、妻もすべてのことに夫に従え、キリストは自ら身体の救い主にして教会の頭なるごとく、夫は妻の頭なればなり」と夫への服従を教えた。コロサイ書やペテロ書を引用して繰り返し伝えられたのは「妻よ、夫に服従せよ」のメッセージであった。

結婚式に説かれるこのメッセージは、日曜毎に教会の説教壇から繰り返されたことは言うまでもない。一八五五年、W・B・マッケンジーという牧師によって書かれた『結婚生活・その義務、試練、喜び』と題する書物を見ると(5)、「制度」と題した一章でまず「結婚は人間が考えだした仕組みではなくて、神による命令である。単に社会に利するために法により守られた公の契約というだけではなく、神が人類の幸福と真の宗教のために作られた一つの制度である」と結婚が神により作られた制度であることを明言している。そして結婚生活の幸せは聖書に明確に記されているとして、その幸せの二本の柱は「夫の妻への変わらぬ愛と妻の夫への心からなる服従」であるとしている。エペソ書やコロサイ書やペテロ書からの引用は勿論のことである。

マッケンジーは夫は妻にとっては頭であり、妻はその命に従う者であるとするのみならず、それぞれの役割の違いも説いた。責任とか支配といったことは頭である夫に属し、妻にふさわしいのは、信頼し、服従することとした。混乱した世の中に出ていくのは妻にとって似つかわしいことではなく、彼女の分野は家庭にある。家庭生活にあって、家事を切り盛りし、子供たちの健全な精神と習慣を養い育て、炉端に優しい安らぎの雰囲気をかもしだし、一日の仕事から夫が疲れて帰宅したとき、微笑みを浮かべていそいそと出迎えること―これこそが女性にふさわしい性質というものだ、と述べている。これはジョン・ラスキン（一八一九―一九〇〇）の『胡麻と百合』（一八六五）で繰り返されているのと同じメッセージである。マッケンジーにみられるこうした説教壇からのメッセージが宗教の言説としていかに人々に影響していたかは現代の我々の想像を超えるものがあったと思われる。

国家と一体化した宗教は、神の理想とする結婚とはエペソ書にあるように、キリストが教会を愛したごとく、夫は妻を愛し、教会がキリストに従うごとくに妻が夫に従うこととした。夫は妻を愛し、妻は夫に従い、仕え、夫を助けて家庭を守り、子供を育て、さらにはペテロ書にあるように、時には夫の道徳的な鑑となり、夫を精神的に導くことさえ要求されたのである。このように神によって結び合わされ、神の理想を追求することを求められた結婚は、当然のことながら解消できないものと考えられたのであり、一八五七年の「婚姻訴訟法」以後、ようやく離婚への道が徐々に開かれていくのは前述したとおりである。

それでは非国教会派の説教壇からは結婚についてどのようなメッセージが語られたのであろう

か。国教会体制への批判と攻撃の最たるものとして、非国教会派の主流となるメソディズムやその福音主義、そして国教会内部で興ってくる福音主義運動があるが、こうした運動に共通する女、結婚、家庭へのメッセージは何か。

一七二九年ウェスレー兄弟によってオックスフォードに設立された敬虔な若者たちの宗教団体がメソディズムの始まりであり、この運動はもともとイギリス国教会の中にあって、国教会の腐敗や沈滞を激しく非難した。メソディズムはもう一度厳格に聖書の教えに立ち返り、救済への回心を説き、現世の日々の生活にはたらく神の摂理を信じ、自己修養を勧めるといった、新しい心の福音を教えたのである。野外の集会所での巡回説教は国教会にあまり相手にされなかった都市や農村の貧しい労働者の心を捉え、メソディズムは一七九五年国教会から独立、メソディスト各派として一九世紀に入って下層中産階級や労働者階級を中心にますます発展することになった。

メソディズムは各派に分かれていくが、なかには神の裁きや地獄をあまりにも赤裸々に語り、狂信的に信仰を説いた派もあったので、ときに「メソディスト」という呼び名は嘲笑の的になった。『ダーバヴィル家のテス』でかつてテスを誘惑したアレックが、「ランター」と呼ばれる原始メソディスト派の説教師となって、再びテスの前に現れる。彼は黒のコートと白のネッカチーフを身に付けて「半ば牧師の服装」をしている。彼の回心や信仰や説教がいかに自分勝手で偽善的なものであるかは、彼のメソディスト派の説教師の服装と共に、小説の中で痛烈に揶揄されている。

　このように非国教会派と国教会内部で興った福音主義運動は一八世紀の末から一九世紀を通して、イギリス社会のあらゆる場面に影響を及ぼすことになる。国教会内部でウィリアム・ウィルバーフォース（一七五九―一八三三）により展開される福音主義運動は低教会派を中心に中産階級にまで浸透していくが、この運動の骨子もあらゆる生活の根本に信仰と聖書があるということであった。国教会と非国教会の福音主義の教えはヴィクトリア朝の中産階級やレスペクタブルを志す上層労働者階級の多くのモラル・バックボーンとなった。そしてヴィクトリア時代の文化は概括すればこの福音主義への批判かあるいはその黙認と受入れといった意味を持ったとも言える。批判するにしろ、黙認するにしろ、あるいは実践するにしろ、そこには福音主義の言説がその担い手たちによって発信されていたことは無視できない。行き過ぎた福音主義者がカリカチュアされている例は数多いが、『ジェイン・エア』のローウッド・スクールの経営者、ブロックルハースト氏はその好例であろう。これはW・G・ウィルソン牧師をモデルにしているとされ、実像に近いと言われた(6)。

　『ダーバヴィル家のテス』のエンジェルの父クレア牧師も低教会派の熱烈な福音主義者である。「古くからの、熱烈な意味での福音派」（一六三二）であり、エンジェルからケンブリッジに進まないと言われた時、「聖職につく一歩としてではない大学など本文のない序文のようなものにしか思えない、この固定観念にとりつかれた男」（一二八）は途方に暮れてしまう。大学教育が神の名誉と栄光のために役立たないとすれば、何の意味があるのだろうと嘆くクレア牧師に対して、エンジェルは「お父さん、人間の名誉と栄光のためには、役立つかもしれないではありませんか」（一二八）と答える。神を全てとするクレア牧師の考えは固定観念として「人間」に対峙され、批判されている。しかし、このエンジェルも結局はテスの過去を聞いたとき、父と同じく中産階級の妄信する結婚制度の因習の奴隷となり果てるのである。

人々に道徳的規範を与えた福音主義運動はまた様々な多岐にわたる社会改革運動に取組み、改革の先鞭をつけたことは特筆すべきことであろう。日曜礼拝や日曜学校への出席を勧め、学校や教会を建てた。監獄の改善や奴隷制廃止のキャンペーンを展開し、動物虐待を禁止し、「禁酒法」に力を注ぎ、娼婦の更生施設を整えその改善を訴えた。ウィルバーフォースは一八〇一年に「非行を抑え宗教と美徳を奨励する協会」を設立し、その運営は福音主義者によって行われた。この協会そのものは「非行協会」に取って代わられ、たいした効果を挙げなかったとされているが、この協会が一八八五年の「国による自警団体」に受け継がれていくことを考えると、こうした道徳的規制のために協会が作られたということは注目すべきことであろう。青少年や娘たちのための純潔強化のキャンペーンもあったし、一八五七年にはポルノグラフィに反対する運動もあった(7)。そしてこの運動の只なかには「クリスチャン・ホーム」という理想があった。それは信仰、貞節、節制、親への従順と聖書の説く愛を教え、奢侈《しゃし》や性的放縦や無意味で役にたたないあらゆる気晴らしを禁じるという道徳により規定されていて、福音主義運動はその上に基礎をおいていたのである」(8)。ヴィクトリア時代の人々がすべて福音主義の鍵となる教理に通じていたわけでは勿論ないのであるが、前述したように福音主義はそれを批判するにしろ、しないにしろ、人々の生活の隅々にわたって多大な影響を与えていた。特に中産階級の多くの人々にとって宗教は彼らのライフスタイルの中心となっていた。日曜日に教会やチャペルの礼拝に出席することは普通のこととされていたし、しばしば日曜日には二回から三回の礼拝への出席さえみられた(9)。中産階級の多くは安息日を守り、服装や言葉遣いに注意し、日々の家庭生活では道徳を守り、子供たちの教育には気を配り、性的な放縦を戒めたのである(10)。こうした中で宗教によって家庭は社会の道徳的砦としての意味を与えられ、女性には「神の説く結婚」、「神の説く家庭の守護人」としての役割が求められたのである。

(二) ガイド・ブックや絵画の表象から―『女性の使命』

「結婚こそ女性の使命」、「家庭を築くことこそ女性の天職」というメッセージが至上のものとして説教壇から届けられたとき、それでは具体的に家庭で女たちは何をすることを求められたのであろうか。女たちを取り巻く文化が発したメッセージとは何であったのか。

一八三九年セアラ・ルイスは『女性の使命』というタイトルの書物を出版し、翌年までに一三版を重ね女性に広く読まれ共感を呼んだ。ルイスは神の福音を家庭や社会に実践し広めていく神の僕としての女性の使命を掲げ、男性に比べてそれほど世間的な野心も利己心もない女性の方がその役割にふさわしいのだと述べた。家庭におけるキリスト教の道徳的実践者の役割を女性に求めたのであり、女性に男性の魂の導き手としての役割が課されたのである。時を前後してセアラ・エリスはよく知られている、女性への教訓を説いたシリーズを出版する。『イギリスの婦人たち』(一八三八)、『イギリスの娘たち』(一八四二)、『イギリスの妻たち』(一八四三)、『イギリスの母たち』(一八四三)である。『イギリスの婦人たち』は出版後二年間に一六版を重ね、一八四三、一八四四、一八四六年と再版されている。彼女がイギリス女性に与えた指針とはキリスト教の教えを家庭において実現することであり、そのためには女性にふさわしい自己犠牲の美徳を発揮することであった。基本的にそのメッセージのよって立つところはセアラ・ルイスと同様にキリスト教の教えであった。

ヴィクトリア時代の女性の理想像を表すものとしてよく使われる「家庭の天使」という概念もこうした宗教というコンテクストのなかでこそ考えられるべきであろう。「家庭の天使」とはコヴェントリ・パトモア(一八二三-九六)が結婚愛を讃え、家庭における天使のような女性の役割を謳った連作の長詩「家庭の天使」（一八五四－六三）から採られたものである。パトモアにより家庭の天使と讃えられた妻は、家庭の仕事も神への勤めも、自己犠牲と献身と愛でもって、いとも軽々と果たす。女性には男性にはみられない高貴な愛と自己犠牲の精神が宿るとして、女性はまるで女神のように、「家庭という神殿」の天使に祀り上げられてしまう。天使に祀り上げられた女性は人間としての生身の属性を失い、ひたすら清く、優しく、美しい女神として、男性が勝手に夢想して作り上げたこの世のものとも思われぬ精神、霊の化身として感傷化されていく。当然のことながら天使のなかには「性」は存在しない。

　中産階級の娘たちの学校卒業のお祝いとして贈られたことも多かったと言われるラスキンの『胡麻と百合』も、女子の教育にも男子と同様な注意が払われるべきだといった、女性の地位への関心を示しながらも、結局は両性が異なった性質を備え、異なった分野で生きることを教え諭す書物となっている。

> 同じ事柄について男女両性の比較が可能であるかのように、一つの性がもう一つの性に「優越」しているなどとするのは、愚かなこと、まったく弁解の余地などないほど愚かなことです。男女はそれぞれ相手の持っていないものを持っており、相手を補い、相手によって完成されるのであって、男女に似ている点はないのであり、それぞれの幸福と完成は、それぞれが、相手

だけが与えうるものを求めたり、与えられたりすることによってもたらされるのです。(『胡麻と百合』六七)

ラスキンは男性と女性が本質的に異なった性質を備えているのだと強調し、それぞれの特質を次のように規定する。

さて男女の特質を簡単に言えば、次のとおりです。男性の能力は積極的、進取的、自己防衛的です。男性はあきらかに行動する人、創造する人、発見する人、防衛する人です。すなわち彼の知性は思索と発明に向いていますし、彼の精力は冒険や戦争や征服に―戦争が正当なものであり、征服が必要なものであるかぎりにおいてですが―向いています。ところが女性の能力は闘争ではなく収めることに適しており、彼女の知性は発明や創造ではなく物事を整然と収め整頓し決めていくことに向いているのです。(『胡麻と百合』六八)

ラスキンはこのような能力を備えた女性が、男性に守られた家庭を賢明に収め管理するとき、そこには「理想の家庭」が出現すると言う。そしてこのような「大切な」役割を与えられている女子の教育は「勉強のやり方や教材については男子とだいたい同じであるべきだ」としながらも、その目的は「まったく異なっている」べきだとしている。女子の教育はあくまで「夫の喜びに、また夫の親友たちの喜びに共感できるために」こそなされるべきであって、女子に与えられる知識は「すべて彼女が男性の仕事を理解し、進んでこれを助けることができるようになるものとして与えられなくてはならない」と言う。

女性の使命はあくまで彼女の聡明さを、男性を支え、家庭を守り、築くことに用いることにあるというのがラスキンのメッセージであったが、それではこのメッセージはどのようなイデオロギーに組み込まれていたのであろうか。『胡麻と百合』の八六項はこのドメスティック・イデオロギーがナショナル・イデオロギーに関連付けられている興味深い項であると言えよう。

さてわれわれは、最後の、もっとも大きな問題に直面しました。すなわち国家に関連して女性の役目は何かということです。……連邦の一員としての男性の義務は国家の維持、進歩、防衛の役に立つことであります。連邦の一員としての女性の義務は国家の秩序と安楽と美化を助けることであります。(『胡麻と百合』八六)

家庭の外で働き、社会で戦う男性に対して、家庭を守り、家庭の秩序を統《す》べる女性という関係はそのまま「両者の機能が拡げられて」国家のために外敵と戦う男性に対して、国内にあって、銃後を守る女性という関係になっていく。女性の機能は国家維持の機能として重要な役割を与えられる。ラスキンの『胡麻と百合』は女性の教育、役割、家庭のあり方の指針を世の子女や親に与える、時代に流布した指導書であったが、その結論の一項に大英帝国の一員としての国家と家庭を守る女性の役割が明言されていることは、注目すべき点であることを指摘しておきたい。

前述したセアラ・ルイスやセアラ・エリス、またラスキンが教えたことは中産階級の女たちの使命とは、従順な娘として親に仕え、貞淑な妻として夫に尽くし、優しく聡明な母として子供らを育てること、そして召使いを統率して自分たちの身分にふさわしい、立派な家庭を築くことであった。このような書物にみられたメッセージはまた絵画の表象を通して、人々に届けられた。ロンドンのロイヤル・アカデミー・オヴ・アーツに展示された絵画がいかに中産階級のノームの形成に寄与したかはリンダ・ニードの『セクシュアリティの神話』(11)に詳しい。ニードはG・E・ヒックスの、いみじくもセアラ・ルイスの書と同じ題名「女性の使命」と題された三部作(一八六三年に展示)を取り上げる。「女性の使命―子供の指導者」、「女性の使命―夫の伴侶」、「女性の使命―老いた親の世話係」と題された三枚の絵画はそれぞれ、「男との関係を通しての女」のあり方を描いている。ここには母として子供を慈しみ、育て、妻として夫を支え、娘として親に仕えるという女性の使命が描かれ、家庭こそ女性の居場所という、家庭のイデオロギーがはっきりと読み取れると言えよう。女性の居場所はあくまで家庭にあって、女たちに求められたのは子供、夫、親に寄り添い、彼らの助けや支えとなる存在になることであった。

この女性の使命は結婚と家庭にあるとするドメスティック・イデオロギーは家庭の存続のためには当然のことながら一夫一婦制を要求したのであるが、夫と妻の不貞はまったく異なった扱いを受けた。夫の不貞が良くはないが止むを得ないものと寛大に受け入れられたのに対して、妻の不貞は父系制ブルジョア社会の秩序を逸脱した、言ってみれば、ブルジョア社会の財産相続という基盤を揺るがす、経済的、社会的にみて許しがたい行為として社会から弾劾された。姦通とその結果、社会の底辺の売春婦へと転落した女性の悲劇はオーガスタス・エッグの「過去と現在」（一八五八）の三部作につぶさに描かれているとニードは詳しく説明している。オーガスタス・エッグの三部作は典型的な中産階級が妻の不貞によっていかに崩壊するかという悲劇を物語る。と同時にノームとしての結婚／家庭というメッセージが強く打ち出されている。さらに転落した女たちがどのように哀れな最期を迎えるかは、身投げをしようとする女や溺死した女を描いて、絵画を通してのメッセージとしてその悲惨さが訴え続けられたのである。

中産階級の結婚／家庭という聖なるノームを守るためには、そのノームに反するものは厳しく排除された。境界をはっきりさせることによって、秩序が維持されたからである。そしてその境界を侵犯するものは、維持されるべき社会秩序の破壊者として、恐れられたと言えよう。姦通と売春は境界を侵犯する行為であった。ニードがあげるダンテ・ゲイブリエル・ロセッティの「思い出の門」(一八五七)に見られる表象は無垢な子供たちの世界と転落した売春婦の世界のコントラストを明確に示す。ニードは、この絵では売春婦が足元の一匹の鼠の記号で表されているという。当時の鼠とは、まさに都市の腐敗と汚染、疫病の巣窟である下水溝と、レスペクタブルな中産階級の台所を自由に行き来する境界侵犯の記号であり、境界侵犯という意味では売春婦と一体化した記号になったのである[12]。売春婦も得体のしれないねぐらから出てきて夜の巷に佇み、結婚できないレスペクタブルな中産階級の男たちの欲望のはけ口として、彼らと束の間の接触を持つという、境界を侵犯する存在であったのだから。境界を整然と引くことで初めて秩序の維持は可能であったと言えよう。

さらにニードはエッグの「過去と現在」がロイヤル・アカデミーを飾った一八五八年と言う年に注目し、たとえばセポイの乱(一八五七)にみられるイギリスの植民地政策の失敗と帝国の将来への不安や「婚姻訴訟法」(一八五七)の成立による離婚の増大への危惧などを挙げ、こうした精神的不安と道徳的自信喪失の中で、結婚/家庭という社会の道徳的砦がより一層アピールされたと述べている[13]。

チャールズ・ダーウィンの『種の起源』が社会に衝撃を与えるのは一八五九年のことであり、その年J・S・ミルは『自由論』を出版し、マルクスはすでに後の『資本論』に発展する論文を書いていた。そして六〇年代の不安を増幅するかのようなセンセーション・ノヴェルの流行があった。コリンズが『白衣の女』をオール・ザ・イヤー・ラウンド誌に連載したのは一八五九年一一月から一八六〇年八月までのことであった。コリンズのこの小説を皮切りとして、六〇年代のイギリス読書界をセンセーション・ノヴェルが席巻していくことは前述したとおりである。

　センセーション・ノヴェルで描かれたのは、普段の日常生活の中に潜む悪であり、それはまた一見平和で安定した生活がいつ崩れるかもしれないという不安でもあった。上流階級の住むカントリー・ハウスやロンドンの街中など人々がごく普通に生活する場を舞台としながら、その日常の世界の戸口に恐ろしい秘密が隠され、犯罪が企まれている。人間の欲望とその実現のためのぞっとするような陰謀があり、その陰謀や犯罪がたくみに隠蔽されうる、上流支配階級の堕落と腐敗の現実があった。センセーション・ノヴェルは人間の心に潜む悪と、富と法によって守られた社会の悪をも暴き出したと言えよう。『白衣の女』のウォルター・ハートライトとマリアン・ホールコムのパーシバル卿とフォスコ伯に対する戦いや『ノー・ネイム』のマグダレン・ヴァンストンの捨て身の復讐は法と権力への絶望的な戦いを意味する。センセーション・ノヴェルの流行は日常生活の不安をも煽ったのである。

　六〇年代の現実は先に述べたセポイの乱のような対外的な意味においても、また一八六七年の第二次選挙法改正に伴う騒擾と混乱に革命の不安すら一部の知識人が感じたという国内状況をみても、またヘンリー・メイヒューの『ロンドンの労働者と貧民』（一八六一－二）が取り上げた悲惨な貧困層の実態をみても、社会的混沌と不安が頂点に達した時代であって、だからこそこの時代にまさに時代の不安を象徴するようにセンセーション・ノヴェルが一大流行を極めたと言える。このような状況の中でスマイルズの『自助論』の自助こそ全てという、明るく楽観的な世界は、ニコラス・ランスが指摘するように足元から皮肉にも浸食されはじめていたのかもしれない(14)。

そしてまさにこのような社会不安と混乱、道徳的自信喪失の時代であったればこそ、中産階級のクラス・アイデンティティを強化し、彼らの倫理観、価値観を確認することが求められた。「第一次選挙法改正法」が成立する一八三〇年代からエチケット・ブックの出版が目立ち始めるとされるが、この時も選挙法改正をめぐって社会の騒乱は著しいものがあったからである。しかしエチケット・ブックも含めたいわゆるガイド・ブックの最たるものはなんといっても一八六一年に出たイザベラ・ビートンの『家事管理教本』であろう。この本は出版されるやその年に六万部を売り、一八七〇年までに二〇〇万部が読まれたというベストセラーになった。これはアパー・ミドル・クラスに向けて書かれた本であったが、一〇七二ページに及ぶ膨大な中身はハウスキーパー、コック、バトラー、など多種類の男女の使用人への対応の仕方から家庭生活のあらゆる細部に関わるマニュアルを満載したものであった。これは上流階級のマナーに憧れた中産階級の女たちによって競って読まれた。ビートンは家庭を管理することは「軍隊を指揮する司令官や企業のリーダー」と同じように、重要でやり甲斐のある仕事であると妻たちを叱咤激励したのである(15)。

この時代のエチケット・ブックの氾濫について、エリザベス・ラングランドはこうした様々なガイドブックによって中産階級のクラス・アイデンティティの強化がジェンダー・ロールを通して作動していると指摘している(16)。ラングランドが喝破したように、アパー・ミドル・クラスの家庭はその社交のあり方や衣服や調度品によって自らの階級の安定と秩序を明確に発信していたのである。妻は使用人の募集から面接、採用、そして彼らの訓練と教育、家計の管理の責任を持ち、さらに社交の女主人として夫を支えた。言ってみれば妻は夫と一体となって自らの社会的階級の強化と誇示に努めた。中産階級の女性にみられた「パーフェクト・レイディ像」という理想もこうした中から生まれたと言えよう。中産階級のクラスを決定し、強化し、際立たせるものとして、ジェンダーの役割が取り込まれたのである。そしてクラス・アイデンティティを明確に自覚した中産階級の安定があってこそ、国内の安定も望むことができるとし、国内の安定なくして、国外において優れた植民地の支配者として君臨することは難しいとされた。国内の秩序ある安定から帝国の植民地の支配者としての自信も生まれると考えられたのである。女たちが中産階級のクラス・アイデンティティの強化の中心になるというジェンダーの機能は「クラス」と植民地支配という帝国の機能と、さらには「レイス」という問題と深く関連したシステムとして作動していたのである。

㈢ 生物科学から──性差の証明

一八五九年はダーウィンの『種の起源』が出版された記念すべき年として歴史に刻まれたのであるが、『種の起源』とその後の『人間の起源』（一八七一）およびそれに連なる一連のダーウィン主義の進化論が一九世紀後半の知のパラダイムに与えた衝撃は、測り知れないものがある。まさに世界はダーウィン以来変わってしまったといっても過言ではあるまい。ダーウィンの与えたインパクトの規模や意味はまだ十分に解明されているとは思えないし、その理論や影響をめぐっては今なお科学者の間で論議を呼んでいることも事実である。

ダーウィンは『人間の起源』の二一章で人間の起源についての結論を次のように総括している。

ここにおいて到達した主要な結論は、正しい判断力を身につけた有能な多くの博物学者もいまや支持しているところであるが、その結論とは、人間はもっと下等なある生物から由来したということである。この結論がたっている基礎は決して揺らぐものではない。というのは、人間と動物を比べると、胎児の発生がじつによく似ていること、また非常に重要な点もごくささいな点も含めてかぞえきれないほど多くの点で、構造上および体質上よく似ていること、さらに人間が痕跡器官をまだもっており、ときには異常な先祖返りをおこしやすいことなどは議論の余地のない事実である。……未開人がそう考えているように、自然の現象をばらばらなものとしてみることに満足できない人は、人間が神の手で別々に創造された天地万物の一つであるという見方をもはや信ずることはできない。人間の胎児が、たとえばイヌの胎児とよく似ていること―人間の頭骨や手肢や全体の骨組が、それらがどうつかわれようとそれには関係なく、他の哺乳動物と同じ設計で組みたてられていること……すべてが人間は他の哺乳類と先祖をともにした同じ一族の末裔であるという結論を、きわめて明瞭に示していることを、その人は認めざるをえないであろう。（二一章）（以上及び以下今西錦司氏の訳による）

ダーウィンはこうして旧約聖書に記された天地創造と、あらゆる種の創造主としての神を否定し、霊魂不滅説を否定し、それまでの西欧社会の価値観の基盤となっていたキリスト教の世界観を覆して、進化論的世界観へと知のパラダイムを変えた。ダーウィンはまず神を否定した男、キリスト教信仰の礎を根底から突き崩した男として理解することができる。しかしダーウィンの『種の起源』や『人間の起源』というテクストをたとえばピエール・ブルデューの言う「思想的磁場」という概念で捉えてみるとき、このテクストが関わったのは「神の死」にとどまらない。言ってみれば「神を否定した」あとにしたこと、その「思想的磁場」の「クラス」、「ジェンダー」、

「レイス」といった言説にいかに関わったかに注目しないわけにはいかない。

ダーウィンは『種の起源』では主として自然淘汰説を、『人間の起源』では性淘汰説を立てて種とその一つの種としての人間の起源と進化を証明する。この壮大な生物界の進化の全体図を通してダーウィンの理論は繰り返し「差異」の発生を論じていくのであるが、ダーウィンはこの「差異」の発生を理論づけることで、その結果として起こる「差別」のメカニズムを科学的に根拠づけたと言えるのではないか。進化論は「差異」を理論づけることで「差別」の起こる状況を科学的に証明し、それを正当化したと言えるのではないか。そしてその「差別」とは「階級」の差別であり、「性」の差別であり、「人種」の差別なのである。

ここでは性差を問題にしているのであるが、それに入るまえに階級と人種の差別について簡単に触れておきたい。自然淘汰は生存競争とその結果の適者生存を生む。変化する環境への適応は適応できる強者と適応できない弱者を生じさせ、結果的には強者による弱者の支配、排除という構図ができる。ハーディの『森林地の人々』のなかで、ヒントックの村を緑濃く覆う森林の木々や蔦の自然界を支配する弱肉強食の掟は、村人たちの生活においても厳然と働いており社会的弱者のジャイルズは社会的強者のチャーモンド夫人やフィツピアズに住み慣れた家を追われ、死を迎える。社会的弱者ジャイルズは森の社会的、経済的支配の構造のなかで生き延びる手段を剝奪されたのである。

そしてこの弱肉強食の論理が強者の保持と進化のための優生学の必要性へと発展することは容易に想像できる。何故なら強者の地位もけっして安泰ではなかったからである。ダーウィンは「社会のなかの不注意な人々、堕落した人々、また往々にして身持ちの悪い人々は、慎重で一般に高潔な人々よりも率からして急速に増加する傾向がある」（五章）と退化の危険も指摘することを忘れてはいない。

男でも女でも、心身いずれかにひどい欠陥がある場合は、結婚をさし控えるべきである。しかしこんな希望は理想郷での話であって、遺伝の法則が解明しつくされるまでは、それが少しでも実現することはなかろう。この実現に手をかすひとはだれであろうとも、すべて人類の福祉に大いに貢献するのである。……思慮深い人が結婚を避けて、無分別な人が結婚をすれば、その社会の劣った人たちがすぐれた人たちにとって代わる危険性がある。（二一章）

こうして弱者の排除という強者の論理が進化論という科学の衣を纏って提言された。弱肉強食の論理が進化の論理として大手を振って罷り通ったのである。

「人種」と「性」の差異に関してもダーウィンは『人間の起源』の所々において文明人の男を進化の頂点においた差異と差別の発言をしていることはよく知られている。男の脳の方が女より大きく、「女の頭骨は子供と成人の男の中間」（一九章）にあるということは女の頭骨は子供の状態から男の状態にまで十分に発達進化していないということである。女は進化の上で男よりも遅れた状態にあることになる。女は「直観力とか、すばやく知覚する能力とか、あるいは模倣性において、男よりいちだんとまさっているということは、一般に認められているところである。しかし、これらの能力のあるものは、未開の人種の特徴でもある。したがって、過去の低い文化状態の特徴ということにもなる」（一九章）と述べているが、女も未開の人種も進化という観点からみれば、進化のまだ途上にあるということになる。とすれば進化した文明人がまだ進化の途上にある未開の「下等な人種」である種族を支配し、その進化を押し進める手助けをすることは当然なことであり、それこそ「人類の福祉に大いに貢献すること」であろうと。

スティーヴン・ジェイ・グールドは『ダーウィン以来』（一九七三）で次のような引用をしている。「胎児のまたは幼児の形質をより多く保持している成人は、そのような形質を越えて発育が進んだ成人より劣ることは疑問の余地がない。これを基準にして測ってみると、ヨーロッパ人ないしは白人が人種一覧表の先頭に立ち、アフリカ人ないしニグロは末尾に来る」[17]。『人間の起源』がどのような人種差別の言葉で終えられているかを読めば、この書が未開人を開化するという美名のもとに繰り拡げられた植民地獲得戦争を科学の側から正当化し、サポートしたといってもあながち言い過ぎではあるまい。

本書で到達した主要な結論、すなわち人間はある下等な生物から派生したという結論は、残念なことに、多くの人にはじつに厭わしくかんじられることだろう。しかし、われわれが未開な原始人の子孫であることにはほとんど疑問の余地はない。荒れはてて蕭条とした海辺で、初めて一群のフェゴ島民を見たときに受けた感銘を、私は終生忘れることはないであろう。そのとき、すぐに私の心に押しよせてきたのは、このようなものがわれわれの先祖だったのだろうという考えだったからである。

フェゴ島民たちはすっ裸で、身体には絵の具を塗りたくり、髪の毛は長く伸びてもつれあっていたし、興奮して口から泡を吹き、その表情は荒々しく、驚きに目をみはり、うたぐり深げだった。技術というものをほとんどなに一つもたず、野獣と同様、つかまえられるものを手あたり次第に捕らえて食べ生活していた。またいかなる形態の政治組織もなく、自分たちの属している小部族のもの以外には情け容赦もなかった。……私自身は……礼儀も知らず、きわめて愚劣な迷信にとりつかれている未開人の子孫であるよりも、自分によくしてくれた飼育係の命を救おうとして、平生は恐れていた敵に勇敢にたち向かっていったあのあっぱれな小さなサルとか、山から下りてきて、驚いているイヌの群れをしりめに意気揚々と若い仲間を連れ去った、あの年とったヒヒの子孫でありたいと思う。(二一章)

この「偏見」と「独断」にみちた「科学のバイブル」がこの時点で与えた衝撃とその後に及ぼした影響は測り知れないものがある。

「階級」、「人種」の差別をこのように科学という名によって正当化したダーウィニズムの理論は「性差」の証明においてもっとも強力なメッセージを与えた。何故なら女の身体とその生理のメカニズムは医学という日常生活に浸透した科学によって、人々に親しまれていったからである。ダーウィンとダーウィン主義の科学者たちは両性の生物学上の身体的差異、即ち身体構造、生理のしくみの違いを科学的確証とし、身体に男女の差異があることが科学的にはっきりしているように、男女の精神構造、その気質、知性にも差異があることを当然としたのである。

『人類の起源』でダーウィンは「男の脳は女より絶対値では大きい」こと、「女の頭骨は大人と子供の中間の大きさ」であること、したがって人類の進化論的な発達段階では女は男よりも遅れた存在として位置づけられるとしていることは前述した。さらに性淘汰による競争に立ち向かわなければならない男は「女にくらべて身体が大きく、力が強く、肩幅が広く、筋肉がよく発達し、身体の輪郭がごつごつしており、勇敢で好戦的であり」、「精力的で、しかも豊かな独創性に恵まれている」。これに対して、女は「顔が丸く、顎や頭骨底部は小さく、身体全体が丸みを帯び、胸とか尻とかはより突きだしていて、骨盤は広い」とし、それに伴って気質も心的能力も違うとするのであるが、このあたりの説得力は「科学者」ダーウィンにしてはやや歯切れの悪いものとなっている。

男と女の心理的能力が違っていることには、性淘汰がじつに重要な役割を演じたように思われる。私は男女間にそのような違いが先天的にあるかどうかを疑っている人々があることも知っている。しかし、第二次性徴をもつ動物の例から考えても、このことは確実ではないにしろ、ありうることである。……

女は男よりずっと優しく、男ほど身がってでないという点をはじめとして、気質のうえからも男とは違うようである……女はその母性本能によって、自分の幼子に対してこの性向を遺憾なく発揮する。だから、女がそういう性向をしばしば仲間にも及ぼすということはありそうなことである。男というものは、とりもなおさず他の男たちにとっての競争相手である。男は争いを愉しみ、野心をはぐくみ、野心はさらに利己主義へとすぐさま発展していくのである。この野心とか利己主義とかいう性向は、男にとって生まれながらの不幸な生得権らしいのである。（一九章）（傍点筆者）

傍点部が示すこの歯切れの悪さはともかくとして、これは男女の生物学的役割とともに知性、気質、精神的役割についての性差論にはっきりとしたダーウィニズムという「科学」の証明を与えたことは確かである。ダーウィンはその後に続く男女の性差論のまさに先鞭をつけた。ヴィクトリア時代の性差のイデオロギーとそれを体現した諸制度はこうして科学のお墨付きを頂くことになった。

ダーウィンの性淘汰説によれば、配偶者選択の過程において、男はますます逞しく男らしくなり、女はますます優しく女らしくなる。そうなると体格的にまた体力的に女が男と肩を並べてかなうはずがない。知的な、あるいは芸術的な分野において女は男に匹敵するものとはなりえない、という。

さらに男女の身体的差異の最たるものは妊娠、出産であろう。ダーウィン主義の精神科医であるヘンリー・モーズリーはフォートナイトリー・レヴューの「精神と教育の点からみた性差」(一八七四)で「女性は身体の生理機能によって、男性とは異なる役割を担うもの」(18)であり、「女性の身体は妊娠、出産に適するように造られており、こうした生殖機能の発達を通して身体も精神も変化していく」(19)と述べた。女性は産みの苦しみに耐える身体の耐久力と出産、育児のストレスを切り抜ける精神力や類い稀な包容力を生理的に備えているとされ、女性の身体もそして精神も生来男性とは異なったものとして規定されたのである。

女性の生理的機能が妊娠、出産、育児にあるとすれば、女性の教育もそれに向けたものとならなければならない、とモーズリーは論を進める。女性の教育は「女性の特殊な生理機能と母として子供たちを育てるという女性に運命づけられた役割」(20)のためになされるべきである。言ってみれば子宮が何よりも大切なのであって、頭脳や身体に過度の負担をかけることはよくないとされた。モーズリーによれば、女性の生理的機能は妊娠、出産にあるのだから、女性としての役割はその機能を果たすことにあった。母となることがもっともその機能を十全に発揮することであり、女性の本性にふさわしいことであるとされた。だから女性の性の目的は生殖のためにあるとして、女性のセクシュアリティを母性に限定し、女性には本来性欲はないのが普通とみなされた。勿論それに異を唱える医学者もいたが、母性が理想とされて受け入れられていたことも事実であり、それから逸脱した者が、ヒステリーとして、また過度な性欲を示す者は色情狂として、あるいは様々な神経症患者として、多くの精神病院に送り込まれたことはショウオーターの『心を病む女たち』(一九八五)が詳細に論じるところである。

女性は頭脳に過度の負担をかけないことで、自然に思春期の身体の発育を促し、生理も順調に迎え、幸福な結婚をし、十分若いときに母となり、子供を育てるのがその生理にかなった生き方とされ、それから外れると、ヒステリーや様々な女性に特有の病気になるとされた。結婚して子供を産み、家庭を守るというこの時代の理想の女性像は生物科学からみても女性の生き方のノームとして証明されたのである。科学の確証を得たこの理想の女性像はなににも増して強い味方を与えられることになった。

それゆえに母性は女性の理想の表象として、母親と赤児のイメジとして絵画にもしばしば登場することになった。そしてその理想のノームに反するものは、理想を汚すものとして厳しく排除された。姦通や売春は中産階級の存続を揺るがす社会的脅威として退けられたことは、前述した通りであるが、医学の見地からみても、結婚、出産、というノーマルなセクシュアリティの形に対して、不特定多数との性的関係を意味する姦通や売春は不自然で不毛な関係であるとされた。姦通や売春は宗教的、社会的、道徳的ノームに反するだけでなく、生理学的にみても女性には害を及ぼす、よくない生き方とみなされた。売春婦に蔓延していた性病は医学の見地からみたこうしたセクシュアリティのあり様の負の証明と考えられた。一八二〇年代から始まり、六〇年代に激しさを増す売春婦に対する「性病法」の立法化は、結婚/家庭のノームを守ろうとする政治的、社会的、宗教的、医学的な一大キャンペーンであったのである。

一八五〇年代、六〇年代の社会不安については前述したが、一八七〇年代、八〇年代もけっして単純に繁栄と安定の時代として括られるようなものではなかった。この時期には深刻な経済不況、産業界の失業問題、社会主義革命の脅威といった問題が山積しており、ロンドンのイースト・エンドでは貧民、犯罪者が膨大な人口として存在していた。「大英帝国の安泰と発展」のために、その核となる中産階級のモラルを守り、社会秩序を維持することは極めて重要だったと言えよう。一九世紀の後半を通して、中産階級のクラス・アイデンティティを堅持しようとする、彼らのドメスティック・イデオロギーは生物科学の確証を得てますます強固に女性の役割を規定していったのである。

女性が自らのセクシュアリティを宗教や医学の称揚する生殖のみの役割から解き放ち、避妊などの方法によって自分の身体を自分でコントロールするに至るには、その後の長い戦いが必要であった。母性がノームとして受け入れられていたこの時代、女性は常に妊娠の恐怖に付きまとわれていた。ヴィクトリア女王は二一年の結婚生活で九人の子供を産み、ディケンズの妻は一三年間に十人の子供を産んだ。妊娠は女性にとっては避けられない過酷な運命として甘受されていた。『日陰者ジュード』でスー・ブライドヘッドがジュードとの肉体関係に逡巡をみせるが、一度肉体関係を持つや忽ち妊娠し、三人目の子を身籠もるといった筋がきは、肉体関係イコール妊娠といった当時の母性がおかれていた状況を表していると言える。『日陰者ジュード』はジュードとスーにとっての「結婚制度」を問題にしていると共に女性にとっての「制度」としての母性を扱っている小説でもある。当時、法律で禁止されていたため危険な堕胎を行って命を落とした女性も多く、教会や医者に白い目で睨まれた避妊法はなかなか人々の間に広まらなかったのが実情であった(21)。女性の身体は結婚と家庭というドメスティック・イデオロギーに支配され、聖なる母性という「制度」の美名のもとに機能し、階級と帝国の安泰と植民地支配の推進というナショナル・イデオロギーの機能のなかに取り込まれたのである。

(四) グランディズムという「検閲制度」

このように宗教、文化、生物科学の各方面からの言説が女たちを縛って作用する中で、小説家が描く女たちは、あるいは小説家が描きたい女たちは具体的にどのような制約を受けたのであろうか。小説家の頭上に振り下ろされたのは出版界を支配していたグランディズムという鉄拳であり、それは雑誌編集者が小説家に要求した削除や改変への様々な注文やミューディーズ・サーキュレイティング・ライブラリを筆頭とする貸本業者が貸本のリストに入れるかどうかという選別の形をとったのである。

当時ハーディもそうであったが、小説はまず雑誌の連載ものとして発表されることが多かったので、編集者は雑誌の性格を理由に小説家に注文をつけることは当たり前のことであった。コーンヒル誌の著名な編集者レズリー・スティーヴンからの「助言」にハーディがいかに忠実に従い、その忠告に一喜一憂するかは良く知られている事実である。ハーディは小説の雑誌発表の度に、編集者からの苦情に悩まされた。またサーキュレイティング・ライブラリとはG・グリエストの『ミューディーズ・サーキュレイティング・ライブラリとヴィクトリア朝の小説』(一九七〇)に詳細に説明されているように、当時の人々にとって本は三巻本で通常三一シリング六ペンスと高価であったため、人々はサーキュレイティング・ライブラリの会員となって会費を払うことで好きな本を好きなだけ借りて読むことができた制度であった。サーキュレイティング・ライブラリは顧客のニーズに応えて、文学、伝記、歴史書、科学書、宗教書、旅行記などあらゆる分野の書物を買い揃えた。なかでも特にミューディーは顧客数、蔵書数において最大の組織を誇り、全国の主要な都市に支店を張りめぐらして、大々的に事業を展開した。一八五三—六二年間の購入数は九六万冊、その半分は小説であり、一九世紀末には七五〇万冊を蔵していたというから、こうしたサーキュレイティング・ライブラリを経営した貸本業者が出版界に及ぼした影響は絶大なものがあったと想像できる。この時代、本の最大の買い手は貸本業者であり、彼らの貸本のリストに載せてもらい本を買ってもらわないかぎり本は売れなかった。新刊本の場合、貸本業者に本が買ってもらえるかどうかが本の命運を決めたし、貸本業者の立場からすれば借りてもらえる本を揃えることが必須であった。ミューディーの「セレクト・ライブラリ」に入れられた本は若い娘たちが安心して読めるように選択されたという意味もあったから、親たちは娘たちに心配なく本を読ませることができた。特に小説については若い娘たちが安心して読めるものを貸本業者が購入するということで、小説出版の事情を貸本業者が支配するだけでなく、小説の性格、質そのものまでも変えてしまう危険があった。

グランディズムとはトマス・モートン（一七六四―一八三八）の喜劇 *Speed the Plough*（一七九八）のなかで登場人物アッシュフィールド夫人が「ミセス・グランディはなんと言うでしょうね？」と言って、いちいち隣人であるミセス・グランディの思惑を気にして恐れたことから生まれた言葉で、ミセス・グランディとは世間の口、因習的で上品ぶった人、グランディズムは世間体を非常に気にすること、過度に因習に従うことを意味した。ヴィクトリア時代の中産階級の人々にとって、社会的に世間から非難されない、レスペクタブルな生活を維持することは、階級の一員として生きるための必須の条件であったから、彼らは生活のあらゆる面で自らの階級を確認し、誇示することに努めたと言われる。彼らは自らの階級の家族の体面を守るためには「道徳、謙虚、両性の差別、親のしつけと権威、男の優越といったものによる砦」[22]がどうしても必要だと思っていた。彼らは政治的には、穏健で過激を嫌い、宗教的には敬虔で無信仰を恐れ、道徳的には、真面目で家庭生活を大切にして性的放縦には嫌悪を示すといった体面を整えることに過度の注意を払い、こうした点で世間からとやかく言われることに異常なまでの気を遣った[23]。中産階級の人々は「ミセス・グランディの眼」を常に恐れて生活していた。

グランディズムが特に厳しく働いたのは「性」に関してであった。「性」は飲酒と並んで法と宗教によって規制されたものだったが、前述したように、宗教と国家に規制された結婚制度は結婚による「性」のみを法に適ったものとし、一夫一婦制度を守って、私有財産制度に基づく階級社会を存続させることを目的としたわけだから、姦通も売春も制度による「性」を逸脱するものとして斥け、堕胎も禁じた。ヴィクトリア時代の中産階級にとって「性の情念は厳しく油断なくコントロールされなければ、何を仕出かすかわからない」(24)と信じられていた。グランディズムという「検閲制度」は性的なこと、性の快楽を暗示する全てのものに警戒の眼を向けたのである。

この時代、W・E・ホートンが言うように「性」は悪であった。中産階級の多くの親たちは娘が結婚するまで処女であることが大切であると信じていたから、それまで「性」については無知であればあるほど良いとされた。母親は娘に男に近づくことは危険極まりないことだと教えたが、具体的に何が危険なのかは何も知らせなかった。結婚という「制度」のなかで、娘たちの処女性はその制度の存続のかなめとしての意味を持ったから、娘たちは何も知らず、純潔のままに結婚し、子供を産むことが求められたのである。一八四二年に開設されたミューディーズ・サーキュレイティング・ライブラリは「性」のヒントがほんの少しでもある書物をリストに入れることを拒絶したという。この時代、文学作品において性の描写がいかに慎重に避けられているかは例をあげるまでもないであろう。「性」は巧みに隠蔽され、性的関係はページとページの間で起こる。『アダム・ビード』(一八五九)のアーサーとヘティの関係は森の東屋に残された一枚のハンカチーフが物語ることになる。

女性の純潔は「法と宗教によって制度化された結婚」のもっとも重要な点であったから、グランディズムは総力を挙げてそれを守るための戦いを展開した。それに対して、男性の婚前性交や買春は止むを得ないものとしてなんとなく容認されていた。レスペクタブルな結婚生活を維持するための経済力を得るまで多くの中産階級の男たちは結婚できなかったから、結婚できるまでの欲望は売春婦によって満たされるのも致し方ないとされた。数字の正確さはともかくとして一九世紀の半ば、ロンドンには常時八万人の売春婦がいたと言われるのはこの間の事情を物語るものであろう。性道徳のダブル・スタンダードはこうして維持され、人々はそれを当然のこととして受け入れた。ハーディの『テス』ではテスの純潔の問題とエンジェルの過去の性体験が性道徳のダブル・スタンダードとして真っ向からぶつかり合ったのである。

グランディズムは雑誌編集者や貸本業者の声となって、文学や雑誌などの出版物から「性」の痕跡を消し去った。シェイクスピアも卑猥な部分を削除されて出版された。H・G・ウエルズの『アン・ヴェロニカ』の一章で、ヴェロニカの父スタンリー氏が昨今の娘たちの自由気侭な行動は「印刷機から奔流のように溢れ出てくるあやしげな」書物が原因だとして、演劇や書物の検閲の必要を力説するのに対して、友人のオウグルヴィは『ロミオとジュリエット』の削除版こそ良くないと言う。オウグルヴィは『ロミオとジュリエット』から「カットして残されたのは、月と星とそれにバルコニーと〝愛しのロミオ〟だった」からこそ、ロマンチックな夢のみを追って娘たちは駆け落ちなどするのだと言い、削除していないものを読めばもう少し分別が得られるのではないかと反論している。ここには「生」こそ「性」であると主張したウエルズの本音が出ていると言えよう。生と性の真実はシェイクスピアからも削除されていたのである。

ハーディがたとえば『帰郷』のベルグレーヴィア誌への連載にあたって、あるいは『テス』のグラフィック誌への掲載をめぐって、お茶の間の上品ぶったレスペクタブルな読者の好みに合わせるために編集者からいかに自分の意図を曲げた、意に沿わない削除や訂正や改変を強いられたかは、『伝記』や手紙などに詳しいが、その怒りを爆発させたのが先に述べたように、ニュー・レヴューのシンポジウム「イギリス小説の率直さ」に寄せられたエッセイであった。そこではウォルター・ベサントとE・リン・リントン夫人も共に小説家の自由な文学活動が「ミセス・グランディによって妨げられること」を嘆いている。

ハーディは小説が雑誌や貸本業者をとおしてしか発表されない現状は、小説の内容が「家庭での読み物」として、その読者の大半を占める若い女性に相応しい内容でなければならないとされることになるとし、その結果、雑誌や貸本からは人生を映し人生の真実を明らかにするような小説は生まれない、と怒りを表明する。雑誌の編集者や貸本業者が「若い娘のスタンダード」に合わせた小説しか受け入れなかったからである。

ハーディにとってそもそも「生とは生理学上の一つの事実」であったから、男性と女性のあるがままの生理学的関係を描かないで、「生」を描くことはできないことであった。ハーディは知性も感情も肉体も備えた、生身の、等身大の女たちを描いていない「イギリス小説に見られる人形」は粉砕されなければならないと考えたのである（手紙一八九一年一二月三一日H・W・マッシンガム宛）。

ジョージ・ムアもまたサーキュレイティング・ライブラリのシステムに激しい怒りをぶつけた作家の一人である。自作の『モダン・ラヴァ』（一八八三）や『旅芸人の妻』（一八八四）や『エスタ・ウオーターズ』（一八九四）がミューディーから拒絶されたムアは「文学にみられる新しい検閲」[25]（一八八四）でイギリス文学の頭上に鎮座して文学を支配し、その性格を左右する「商人」が及ぼす悪影響を激しい調子で攻撃している。また「乳母に育てられた文学」（一八八五）[26]ではサーキュレイティング・ライブラリの大切な顧客である若い娘たちのためにグランディズムにのみ注意を払い、その結果真剣に生の問題を扱うことをしないイギリス文学の堕落を嘆いている。グランディズムという「検閲制度」はこうして今までみてきた女たちを規制する様々な制度や言説を維持してゆく最後の仕上げをする役目を果たしたと言えよう。

このように「女」をめぐる様々な言説が作用し合い、「女」という制度が女たちを縛るなかで、グランディズムに果敢な戦いを挑み、「あるがままの女」、「人形でない女」を描こうと、女たちの生と性の赤裸々な姿を追求したのがハーディであった。ハーディはどのような女たちを描いたのか。ハーディの小説の女たちは時代を超えて新しい。そしてまた時代に縛られて古い。ハーディの小説の女たちと時代の「女」という制度や言説はどのように切り結び、ハーディの小説はいかなるテクストとして読み解くことができるのであろうか。次にハーディの主要な小説を取り上げて、考察したい。

1章

エルフリード・スワンコートの「過去」『青い眼』

『青い眼』という小説の魅力はなんといっても題名が示すように、深みのある青い眼を持つヒロイン、エルフリード・スワンコートにある。若き日、ハーディは教会修復の仕事でコーンウォールの聖ジュリオット教会を訪ねるが、そのとき、牧師館で彼を迎えたのは、エマ・ギフォードであった。のちに妻となるエマへの求愛の時期に書かれたこの小説は、ヒロインにエマをモデルにしていると言われる。一目でエマはハーディを惹きつけるのだが、エルフリードも、訪ねてきた建築家スティーヴン・スミスを魅了する。物語は、そこから始まり、ヒロインの二つの恋物語を軸に展開する。

ここに一つの注目すべき場面がある。エルフリードはヘンリー・ナイトに過去の恋人との関係を詰問されたとき、それが意図したものではなくて、成り行きでそうなってしまったのだと弁解するが、なおも厳しく詮索されるのに対して、「それは過去のことです。今の私たちには関係のないことですわ」(1)と断言するところである。エルフリードのこの懸命な主張もナイトの心には届かず、ナイトはさらに、エルフリードを追い詰めることになるのだが、この「過去」は「現在」の私たちに無関係であるというエルフリードの言葉を見逃すわけにはいかない。これはエルフリードがナイトの許しを得ようとして不用意に口走った言葉としては片づけられないからである。この「過去」の否定は、ハーディと同時代の作家、ジョージ・エリオットが、たとえば『フロス河畔の水車場』の中で、マギー・タリヴァーに繰り返し立ち返らせた道徳的判断の基準となった「過去」とどう関わるのであろうか。『フロス河畔の水車場』で、マギーは、いとこのルーシーの家で、ルーシーの婚約者ともいえるハンサムで裕福なスティーヴン・ゲストと知り合う。はからずもスティーヴンとボートで流されたマギーは、スティーヴンから駆け落ちを迫る激しい愛の告白を聞く。マギーの中で、スティーヴンへの思いを貫きたいという「現在」と、ルーシーやフィリップへの義務という「過去」が葛藤する。苦悩の果てにマギーが出した結論は、「もし、過去が私たちを束縛しないのなら、どこに「義務」があるというのでしょう」(六巻一四章)というもので、「愛」と「義務」との板挟みになったマギーは「義務」を選び、哀願するスティーヴンを振り切って一人馬車に乗り、非難の嵐の渦巻く聖オッグの町に戻ってくる。マギーが選択したのは、彼女の「過去」への「義務」という道徳的な価値基準であった。「(もしも「義務」という「過去」に従わなかったら）私たちにはそのとき、そのときの愛のほかには何の掟もないことになるでしょう」（六巻一四章）とマギーは言う。そのときマギーの「過去」は「現在」を支配し得たのである。

『フロス河畔の水車場』は、一八六〇年に出版され、『青い眼』は、一八七二年九月から一八七三年七月までティンズリー誌に掲載された。この十年余の時間的へだたりが、作中のヒロインたちにこのような異なった言葉を言わせているのだろうか。筆者はここに、同時代人でありながら、エリオットからハーディに至る一つの変化、一九世紀後半を代表する時代の典型としてのエリオットから、一九世紀にあって二〇世紀を予見するハーディの新しさを見いだすことができると考える。マギーにとって「義務」として重要な価値基準となった「過去」がエルフリードにとっては何故に「無」として棄て去られたのであろうか。彼女にあって棄て去られた「過去」にとって代わったのは何であったのか。さらに語り手は、そのようなエルフリードをどう捉えていたのだろうか。以下『青い眼』で展開される主題とエルフリードにおける「過去」の意味について考察したい。

まず『青い眼』成立の状況を考えたい。『青い眼』はその主題、構成において、それ以前の三作品と密接に関連しているからである。この小説で初めてハーディは『窮余の策』、『緑樹の陰で』の作者、トマス・ハーディによると作者名を明記した。『窮余の策』、『緑樹の陰で』、『青い眼』の初期の三作品は、執筆の段階で密接に関連し合っているが、マイケル・ミルゲイトも、これらの三作品は「すべて結局のところ「貧乏人と淑女」になんらかの形で依存している」[2]と述べている。ハーディは一八七一年一〇月二〇日付の出版社主ティンズリー宛の手紙で次のように『青い眼』のことを述べている。「新しい物語を書いていますが、それの中心はプロットにあります。ただし犯罪のないプロットで『窮余の策』の線にそったものです。慎重にどういうものを書こうかと考えるとき、当然のことながら、最初の試みの結果が大きな影響を与えるものですから」[3]と。

「貧乏人と淑女」は前述したように『窮余の策』に取り入れられ、また『緑樹の陰で』にも影響を与えたのであるが、『青い眼』はこれら三作品と実に深い関係にある。「貧乏人と淑女」の主題となる「貧乏人」と「淑女」の階級的対立の問題は『青い眼』では、村の石工の息子スティーヴンと牧師の娘エルフリードとの関係や、スティーヴンとオックスフォード出身の新進批評家ナイトとの関係に引き継がれており、また、ハーディの母ジマイマを想起させるスティーヴンの母がエルフリードに対して見せる複雑な反応や、スワンコート牧師がスティーヴンの父が一介の村の石工にすぎないと知ったときの、階級意識丸出しのスノビッシュな態度に、ハーディの「階級」の視点を読みとることができる。

『窮余の策』との関係で見逃せないのはプロットであろう。前述したように『窮余の策』はセンセーション・ノヴェルから取り入れた錯綜したプロットを持つ小説であるが、『青い眼』もティンズリーへの手紙でハーディが述べているように、プロットへのハーディの並々ならぬ顧慮を想像させる。プロットはパラレルに、綿密に構成され、探偵小説のように伏線が巧みに用いられている。この小説の巧妙な構築が、サタデー・レヴューで「今日の小説の中でもっとも芸術的な構成をもつ」と激賞されたと、ハーディ自身が記している(4)のを見ても、彼のプロットに寄せる自信のほどがうかがえるのである。

そして、ヒロイン、エルフリード像を考えるにあたって、もっとも重要なのは『緑樹の陰で』である。『緑樹の陰で』は、ヒロインのファンシーとエルフリードとの類似において重要なのである。『緑樹の陰で』のファンシーは、その場の状況によって、ディックに、シャイナに、あるいはメイボールドに惹かれる、その名 Fancy が示す通りの「気まぐれな」ヒロインである。ディックと婚約関係にありながら、メイボールド牧師から囁かれた眩いばかりの未来に我を忘れて、求愛に応じてしまったファンシーは、その秘密をけっしてディックには告げまいと思う。彼女の過去の秘密は胸の底に秘かにおさめられる。しかし、もしその秘密が知られてしまったらどうなるのか、そこから『青い眼』の主題が始まると言えよう。

エルフリードは「トカゲが傷めた足をすぐ再生するように、いとも易々と悲しみをすて、希望におきかえることができる」(一六六)性格であった。彼女もスティーヴンからナイトへ、そして結果的には領主ラクセリアンへと心を移す女であり、気まぐれなファンシーの姉妹であると言えよう。

さて、このように、それ以前に書かれた三作品と密接に関連する『青い眼』であるが、この小説の主題は前述したようにヒロイン、エルフリードにあり、彼女の内面の葛藤の意味にあると考えられる。特にスティーヴンとナイトという二人の恋人の間で苦悩するエルフリードの内面の分裂、「感情」が「意志」を押し流してゆく過程にこそハーディの中心主題が見出されると筆者は考える。分裂するエルフリードの内面の変容をたどってみよう。

エルフリードとスティーヴンの関係で語り手が繰り返し強調しているのは、二人の幼稚さである。物語は教会修復の仕事でウエセックスのエンデルストウ牧師館を訪ねた建築家スティーヴンがエルフリードと出会うところから始まるが、二人の関係は、一二章で一応の結末を迎える。すなわち、恋におちた二人がエルフリードの父のスワンコート牧師の激しい反対に遭い、秘かに結婚式を挙げようとロンドンに駆け落ちする。しかし、ロンドンに着いたエルフリードは、急に結婚を躊躇し始め、そのまま家に戻ることを主張する。二人はまた汽車に飛び乗って翌日の早朝エンデルストウに近い駅に戻ってくる。そして、スティーヴンは将来エルフリードの父に受け入れられるような人間になるために、富と社会的地位を得ようとしてインドへと去っていく。この時、スティーヴンは二〇歳をやっとすぎたばかり、そしてエルフリードはまだ二〇歳にもなっていない。ある時スティーヴンは接吻を求めてエルフリードに言い寄るが、二人の様子には「男と女という威厳ある様子はなく少年と少女の間のような乱暴さ」(九〇)がみられた。この「少年と少女のような」(一四九)、あるいは「子供たちみたいに」(一一〇)という形容は度々使われて、二人の幼稚さを際立たせている。

またエルフリードが人里離れた牧師館に父と二人で住んでいて、訪ねてきたスティーヴンをまるで「シェイクスピアの『嵐』にでてくるミランダのような好奇心」(四〇)をもって迎えたこと、スティーヴンが母親に接吻しているのを恋人と誤解したこと、父親の反対でエルフリードの恋情が火に油を注がれたように燃え上がったことなどの事情が、エルフリードのスティーヴンへの感情をかき立てたと語り手は説明している。

少女がハンサムな少年の容貌に対して初めて抱いた気まぐれな関心—それはうぶなためと人里離れて住んでいるために一層強められた—が、なにものをも怖れない、情熱的な、向こう見ずな激情へと突き進んでいくのに、エルフリードのおかれていた状況くらい好都合なものはなかった。(一二九)

このようにエルフリードの幼さ、無知、世間知らずなどが、彼女の行為の原因だとして決めつけられている。エルフリードは未遂に終わった駆け落ちのあと、スティーヴンと別れて馬で家路に就くが、その時、スティーヴンのことを思い出して「今までのところ、それほどよくは知っていなかった人」(一五〇)と、なんとも無責任な言葉を呟く。ロバート・ギティングズは「エルフリードは前半でレイディとして浅薄に描かれているが、後半ではウーマンとなっている」(5)と述べている。エルフリードが興味深い内面を見せるのは物語の後半三分の二を占める、ナイトとの関係においてである。

スティーヴンに秘かにではあるが、夫と呼びかけ、彼から妻と書き送られるような関係にあるエルフリードが、スティーヴンとは出自も教養も性格も異なったナイトに出会ったとき、彼女の内面はどう変容していくのだろう。新進の文芸批評家ナイトはエルフリードの書いたロマンスを酷評する。ナイトの酷評に反発しながらも、エルフリードはナイトのことを心に留め始めるのだが、このナイトの批評のなかにセンセーショナルなプロットに対するハーディの意見が吐露されているようだ。ナイトによる書評のなかで「センセーショナルなプロットの荒唐無稽な展開」(一七六)といった言葉を使わせて、センセーショナルなプロットを非難させているからである。エルフリードの内的世界に、書評の書き手ナイトが、手紙の書き手スティーヴンと同様に次第に微妙に入り込んでくる。やがて牧師館を訪ねてきたナイトは、優れた知性でエルフリードを圧倒してしまう。

あるときエルフリードはナイトとエンデルストウの教会の塔に登り、胸壁の上を歩き出すが、危ないとナイトに注意されて転び、かろうじて胸壁の内側に落ちて助かる。ナイトに厳しく非難されたエルフリードは、彼に腕を取られ、「まるではづなを取られた子馬のような感じ」（一九三）を覚えながら引き立てられてゆく。エルフリードの胸の内に自分より優れた男に身を委ねる快感がよぎらなかったとはいえない場面であろう。

ナイトの魅力の前に動揺するエルフリードは、スティーヴンから受け取った最近の手紙に「まるで遭難者が漂流物にすがりつくように」（二一九）しがみついて、彼に対する愛情を繋ごうとするのだが、「もしも、私自身あれほど（スティーヴンのことに）コミットしていなかったら、ナイトと恋に落ちたかもしれないわ」（二一九）と呟いて、自分の不安定な感情の動きを認めている。

ナイトがエルフリードのために求めたイアリングをめぐってのエルフリードの態度ほどスティーヴンへの「過去」の愛とナイトへの「現在」の気持ちの間を揺れ動く彼女の内面をつぶさに示すものはない。ナイトが求めた美しいイアリングは、スティーヴンとの愛を「義務」と考えようと思いつめているエルフリードにとっては、抵抗しがたい誘惑であった。エルフリードはそれらを「ちょうどイヴが林檎を眺めたように」（二二一）見やりながらも、しかしやっとの思いで受け取るのを断る。その夕方、いつの間にか秘かに彼女の部屋の化粧台の上におかれたイアリングの小箱を見つけたとき、そのあまりの美しさにそれらを一瞬顔のそばに近づけたエルフリードは、しかし、返すことが彼女の「義務」だとはっきり悟る。翌朝スティーヴンから届いた手紙は、彼がインドで貯金した二〇〇ポンドを彼女の許に送ったと告げていた。彼女の目の前におかれたイアリングの小箱と二〇〇ポンドの送金通知。二つの品物を見つめながらエルフリードは心中で次のように思う。

もし、その一枚の紙（送金通知）を破ってしまうことで彼女の経験からそれにまつわる全ての関係を消し去ることができるのだったら、彼女は喜んでそんなお金など投げ捨てたであろうに。どちらの行動をとればいいのだろうか。彼女には判らなかった。それらの二つの品物が向かい合って並んでいるのが怖ろしかった。それぞれの品物はあまりにも対立する利害関係を表していたから、互いに反発し合っていると想像してもおかしくないくらいであった。（二二六）

結局、エルフリードが出した結論は、イアリングをナイトの部屋の机の上に返すことであった。そしてスティーヴンには「いつでも結婚できます」と手紙を書き投函した。ナイトがイアリングを拒絶されたことや、エルフリードの窶れきった様子から、しばらく彼女の前から姿を消したいと言ったとき、エルフリードの心中で「古い恋人への義務と新しい恋人への愛の真実があい争い、不徳にも愛の真実の方が勝ちを占めた」（二二七）。ここではスティーヴンへの「義務」を守るべきだという意志の力と、目前のナイトへの愛という「感情」の力に引き裂かれるエルフリードの内面の葛藤が、スティーヴンの送金通知とナイトのイアリングという二つの品物の形を借りて、見事に描かれていると言えよう。その日一日じゅうエルフリードは義務という言葉を嚙みしめ、ワーズワスの「義務に寄せる叙情詩」を読み（二二九）、「義務」に従うことを自分に言い聞かせ、スティーヴンとの逢い引きの時間を知らせる手紙をスティーヴンの父の家に届けさせる。このようにナイトへの「感情」を抑えて、スティーヴンに逢うと決心したエルフリードが一挙にスティーヴンを棄てナイトの方に傾くのは名無しの崖での体験をとおしてであった。

雨のために滑りやすくなっていた崖から落ちたナイトは、助けようとして続いて落ちたエルフリードを必死の動作で平たい地面に押し上げたあと、自らは頼り無い草の根につかまり、二本の腕に全存在をかけてぶら下がっていた。下には暗い海がナイトの落下を待ち受けるように泡立っている。助けを求めてエンデルストウの部落から戻ってくるには四五分かかるというエルフリードに対して、両手でぶら下がっているナイトは一〇分しか保たないと言う。そのとき、ナイトの目の前から姿を消したエルフリードは、次に、自分のリンネルの下着を引き裂いて繫いだ紐を縒り合わせて六、七ヤードの立派なロープを持って現れた。遙か沖を行くスティーヴンを乗せた船影がエルフリードの目に入ったが、彼女はもはやそのようなことは気にも留めていない。危機に臨んであくまで冷静なナイトの指示に従い、極度の緊張状態のなかでエルフリードはナイトを死の崖から救い出すことに成功する。彼女は歓喜に身を震わせてナイトと抱擁する。彼女の全身を圧倒する喜びを語り手は次のように描いている。

崇拝する男をもっとも恐ろしい死の淵から救い出したとき、抑えがたい歓喜が、この優しい娘を圧倒し、魂の底まで震えさせた。やがてその歓喜はスティーヴンへの義務を忘れさせ、互いに言い交わした愛の誓いなど無視する感情へと変わっていった。彼女の意志を司るあらゆる神経は今や感情に全くひれ伏してしまった―意志はもはや彼女を導く力を失っていた。このように彼女の腕に抱かれていることは十分過ぎるほど完璧な成果であった。言ってみれば、彼女の全生涯を飾るにふさわしい王冠のようだった。たぶん彼は、ただ彼女に感謝しているだけで、彼女のことを愛していないかもしれないが、それはどうでもよかった。自分よりも劣った者の女王になるよりも、自分より優れた人の奴隷になる方がはるかに素晴らしいことなのだから。
(二四六)(傍点筆者)

この瞬間、エルフリードが確認したのは、ナイトへの愛の真実であった。エルフリードの内面でそれまでスティーヴンへの「義務」を強制していた「意志」の力はナイトに対する「愛」の真実によって打ち負かされてしまった。エルフリードの内面に大きな変化が起こったのである。

スティーヴンは名無しの崖に出掛ける前にエルフリードが書き送った手紙を手に逢い引きの場所へ出掛けるが、エルフリードはついに現れなかった。家に戻ったスティーヴンを待っていたのはエルフリードから送り返された二〇〇ポンドの送金通知であった。スティーヴンは手にした手紙が書かれた後、何かが起こり、エルフリードの彼への態度が変わったのだと鋭く察知する。

スティーヴンとの逢い引きの時間が近づいたとき、エルフリードは「あー、神様、お許し下さい。私はスティーヴンとは逢えません。彼を以前ほど愛していないというのではないのです。でもナイトの方をもっと愛しているのです」（二八〇）とスティーヴンに逢いに行かない決心をする。

このように「過去」、すなわちスティーヴンへの「義務」を投げ打って、ナイトへの愛という「現在」に身を投じたエルフリードであるが、結局彼女は「過去」から手酷い復讐を受けることになる。彼女の心臓に突き刺さる釘のようなスティーヴンの視線は無視することができても、黒いマントのジェスウェイ夫人の影はエルフリードの「現在」を不気味に脅かす。さらにナイトの中に深く根づいた、結婚制度のなかで女の純潔を当然のこととして求める因習的な考え方―これは『テス』のエンジェルの立場へと発展していくのだが―は結局エルフリードの「過去」を許さず、彼女を破滅させることになる。

ナイトは性に対して潔癖すぎるほど用心深い人間で、自分も未経験であるように、女性にとっても自分が初めての男性であるべきだと信じて疑わない。「初めての唇」を当然のこととして求めるナイトだが、エルフリードにはスティーヴンとの過去の接吻の経験があった。ナイトとのキスはスティーヴンとの初めての不器用なキスとはおのずから違っていることはエルフリードにとって否定できない事実だった。ナイトはスティーヴンが初めてのキスについて語った言葉を思い出し、またエルフリードが不用意に口走ったイアリングを失った事件を想像し、自分が彼女にとって初めての男でないことを感知し始める。そして疑惑を深めていくにつれて、エルフリードに対する関心が急速にナイトから失せていく。ナイトがエルフリードの過去について細かく詮索するのに対して、そのあまりにも冷酷な追求にエルフリードはおののいて、率直にありのままを告白することができない。彼女は「過去」など現在の私たちには関係ないと叫ぶことしかできないのである。しかし、ナイトの頭には、「一九世紀のような時代には見つけられないと思っていた、自分と同じような無垢でうぶな女性」(三一七)という結婚制度に縛られた「女」の概念しか存在しない。ナイトが固執しているのは、「初めてのキス」であり、女性の「純潔」であった。『青い眼』の「初めてのキス」が「純潔」の問題となったとき、そこに『テス』の主題が展開するのである(6)。

エルフリードの方はナイトの過去をどう考えたのだろう。エルフリードはナイトに言う。

私は貴方の過去についてたった一つの質問もしたことはありません。貴方の過去など知りたいとも思わないのです。私にとって大切なことは、貴方がどんな方であろうと、何をなさってこられようと、貴方が誰を愛してこられようと問題ではなくて、ついに貴方が私のものになったことだけなのです。(三四三)

そして、自分の「過去」も問わないで、あるがままの自分を受け入れてほしいと懇願する。エルフリードにとっては「過去」の行為や、「過去」が縛るものよりも、「現在」この瞬間に自分が感じているものこそが生の真実であった。そこにこそ生の実体をみていると言える。しかしナイトにとっては、「女」という制度が全てであり、「女」をめぐる言説が彼の判断を支配する。エルフリードの哀願はナイトによって冷たく拒絶される。エルフリードのナイトに対する言葉には、ナイトが具現する因習的な、「女」という制度に対する激しい怒りが込められている。ここには男と接吻した「過去」があるというだけでエルフリードを切り捨て、彼女の人格も無視し、「ただの玩具」として扱おうとする「女」の言説がナイトを通して働いているからである。

私はうぶだということ以外になんの魅力もない、人格もない、ただの玩具にすぎないのでしょうか。私には知性というものは無いのでしょうか。貴方は、私の考えは聡明で独創性があるとおっしゃったけど、それはなんの価値もないのでしょうか。私を美しいとはお思いにならないの―そう、私はすこしは綺麗だと思っていますわ。私の声も、私の振る舞いも、私ができる色々な素養も褒めてくださったわ。でも、こんなことはすべてなんの価値もないゴミのようなものだとおっしゃるのね。―そう、私がたまたま貴方にお会いする前に他の男の人を知っていたというだけで！（三四四）

しかし、ナイトはジェスウェイ夫人のナイトに宛てた中傷にみちた手紙から自分がエルフリードにとって三番目の男であったという事実を許すことができない。エルフリードを彼女の「過去」という、男との関係でしかみることができないナイトは結局エルフリードを棄てる。ロンドンに去ったナイトを追い求めてきたエルフリードが、ナイトに向かって吐露する真情は切々として、ナイトの心を打つが、そのとき、エルフリードは探しにきた父に連れ戻され、傷心のはてに、「誰かのために自分のつまらない命も役立つなら」（四〇〇）と、妻を亡くした領主ラクセリアンの求婚に応じ、その後流産のために短い生涯を終える。エルフリードが捨て去ろうとした彼女の「過去」はナイトによっては決して許されることはなかった。語り手はエルフリードの「現在」の圧倒的な愛の真実、「感情」の真実を共感をもって描き、それがナイトによって否定され、その結果が彼女の死を招いたことを、そしてナイトの表すものが時代のレスペクタブルな中産階級の男たちの身勝手な純潔に対するダブル・スタンダードであることを激しい怒りでもって表明していると言えよう。これはまさに『テス』につながる主題であり、エルフリードの死はまたテスの死を暗示するものでもあろう。

しかしながら、注意しなければならないのは、語り手のエルフリードの描き方である。語り手は彼女の感情に圧倒される「現在」の真実を共感をもって書きながらも、微妙に、アイロニカルにエルフリードを批判していることである。前述したようにエルフリードがトカゲに例えられ、彼女の気まぐれや幼稚さがしばしば強調される。たとえば、エルフリードはナイトとの名無しの崖の事件の後、スティーヴンとの逢い引きに行かない決心をするが、彼女はスティーヴンと関わりを持つなという父の言いつけに従うのだと言い訳をしている。語り手は皮肉な調子で「このようにして、この気まぐれな決心は親孝行という様相の兆しを見せてきた」（二八〇）とエルフリードの移り気、無責任さを揶揄してみせるのだ。エルフリードはこの点『緑樹の陰で』のファンシーと良く似ていて、ここでも語り手は女というものは、結局気まぐれで、幼稚で、頼り無いと決めつけているのである。

とはいえ、ファンシーと比べてエルフリードにあっては「現在」の持つ重要性や、「感情」の真実は語り手によって、大切な主題としていっそう強調されている。彼女の中では、「過去」に対する「義務」は「現在」の「愛」といつも拮抗しており、「現在」の「愛」の真実はいつでも「過去」の「義務」を捨て去る激しさをもっている。この点について、語り手がヒロインに対して徹底したコミットメントを示し、敢然としてヒロイン擁護に立ち上がるのは『テス』においてであることは言うまでもない。ともあれ、エルフリードにおいて「過去」への「義務」という「意志」の力に対して、「現在」の「感情」の真実を対峙させ、後者の圧倒的な支配力を強調したところに、エリオットからハーディへの一つの変化を読み取ることができる。

2章

バスシーバ・エヴァディーンの三人の男たち

『はるか群衆を離れて』

一八七二年一二月のある日、あやまって一通の手紙が道ばたの泥の中に落とされていた。それが幸運にもたまたま通りかかった者に拾われ、ハーディのもとに届けられる(1)。それは一八七二年一一月三〇日付のレズリー・スティーヴンからのもので、コーンヒル誌への連載を要請する手紙であった。この一通の手紙から、ハーディ初期の代表作、『はるか群衆を離れて』が生まれることになる。当代きっての著名な文人であり、コーンヒル誌の編集者であるスティーヴンからの連載原稿の依頼は、『緑樹の陰で』を発表し、『青い眼』を執筆していた、いわば、小説家としてまさに世に出ようとしていたハーディにとって、いかに心躍るものであったかは想像に難くない。スティーヴンは手紙の中で『緑樹の陰で』が非常に気に入ったと述べ、「そのような物語は多分、私と同じようにコーンヒル誌の読者にも気に入るだろうと思う」(2)と書いてきた。ハーディは今執筆中の『青い眼』を終えたら、早速ご要望に応じたいと答え、「それは牧歌的な物語で、題は『はるか群衆を離れて』にしたいと思います。―そして、主な登場人物は、多分、うら若い女農場主と羊飼いと騎兵軍曹になるでしょう」(3)と書いた。スティーヴンに『緑樹の陰で』を絶賛されたハーディは、同じ線に沿った牧歌的物語を書くことに意欲を燃やし、『はるか群衆を離れて』の構成を考えたと思われる。

しかし注目すべきなのは、このスティーヴンの手紙が次のように続いていることであろう。「『緑樹の陰で』そのものは当然ながら、雑誌向きの話とは言えません。そういう向きにしてはあまりにも事件が起こらないからです。もっとも、私はページごとに殺人事件がなくてはならないなどと言ってはいませんが、あるはっきりした、よく練られたプロットで読者の関心を惹くことが必要なのです」(4)。編集者スティーヴンのこの忠告は、のちにハーディが彼に書き送ったあの有名な手紙を想起させる。

本当のことを言いますと、私は、連載ものとして読む読者の気に入るように書くのを目的としているので、その目的のために、まとまった物語としてなら望ましい要素も、喜んで、本当に心から、除いてもよいと思っています。いつの日か、もっと高尚な目的を持ち、完璧な物語にふさわしい芸術的均衡に大いに気を配ることもあるでしょうが、当面は、事情もありますので、連載ものの上手な書き手と考えられれば、それでよいと思っています(5)。

編集者スティーヴンが求めたのは、毎号コーンヒル誌の読者の関心を惹きつける面白い山場をもった連載ものであり、しかも道徳的に読者から批判を受けない、すなわちグランディズムから安全なものでなければならなかった。トロイのファニー誘惑や、赤ん坊の箇所を「注意して」扱うようにと、ミセス・グランディの批判を理由に忠告するスティーヴンに従い、あるいはいくつかの箇所への指示によって、ハーディの原稿には削除や改変の跡が数多くみられる。手書き原稿にはスティーヴン自身のペンの跡さえ残っているという(6)。コーンヒル誌への連載という得難い機会を摑んだハーディは、その編集者スティーヴンの忠告に注意深く耳を傾け、「連載ものの上手な書き手」たるべく最大の努力をしたのは当然のことであろう。

しかし、スティーヴンを通して伝えられたこのグランディズムの脅威、あるいはそれとの妥協は、その後に続くハーディの長い戦いのほんの始まりに過ぎなかったと言えよう。グランディズムへの配慮からの削除や改変は、たとえば『ダーバヴィル家のテス』にも顕著なことはよく知られている。ここで私たちは、はたしてハーディは自分の言いたいことをどこまで小説に書くことができたのであろうかという疑問に直面する。言いかえれば、ハーディは自分の言いたいことにどのような衣を着せたのか、いや着せざるを得なかったのだろうか。

ジョン・ベイリーはハーディのすべての小説は、処女作の「貧乏人と淑女」や、初めて出版された『窮余の策』から一貫して「一方では自己の表明、あるいはひそかな自伝とも言えるものと、他方では、巧妙だが比較的判り易い技巧の結果とが対比し、均衡し合っているものの連続」(7)として捉えることができると実に鋭い指摘をしている。なかなかの技巧家のハーディは、その本心に時に巧妙な、時に曖昧な衣装をまとわせて、読者の目をごまかす。いや正確には、そうすることによって作品に出版の機会を与えたと言えよう。実際、ジョン・グッドが嘆くように、「ハーディを読むことは生易しいことではない。理解しようと、ともかくもテクストを一つの焦点で捉えようとすると、作者の奸智の霧のなかに迷い込んでしまう。一つの見方でまとめようとすれば、もう一つの展望が執拗に顔を出す」(8)。読者はハーディの本音と巧緻な技巧の混じり合った中に入り込み、翻弄され、途方にくれる。しかし、読者はハーディの本音を鋭く識別しなくてはならない。

さて、このような曲折を経て完成した『はるか群衆を離れて』は、スペクテイター誌でR・H・ハットンに高く評価される(9)などおおむね好評を博し、ハーディの小説家としての地位を不動のものとした。しかし、ヘンリー・ジェイムズからは、「実に散漫で、物語のまとまりとしては、芸術的にみてひどいもの」(10)と酷評された。この物語は「何でもない単純な話を、世間で型にはまった三冊本にするために、引っぱったり、伸ばしたりしたもの」(11)とも書かれた。ジェイムズは、この物語の主題を実に簡単で単純なものと捉えている。「この物語が与えようとする主たる目的は、思うに、ゲイブリエルの口に出さない献身的な情熱、自分の機会を待ち、自分を軽蔑した女性に対して、期待されてもいない忠勤に励む様、彼の高潔さ、実直さ、不屈の忍耐力を示すことにある」[12]とみるジェイムズにとってゲイブリエルのみがかろうじて成功した人物であり、バスシーバもボールドウッドもトロイも、「物語中の人間に関するものはみな作りもので、実体がなく、しかと信じられるものは羊の群れと犬たちだけ」[13]ということになるのだ。

このジェイムズのようにゲイブリエル・オウクの中にハーディのメッセージを読み取ろうとする批評家は多いし、作中、バスシーバ、ボールドウッド、トロイに対する批判的な言葉が所々にみられるのに対して、オウクには、ある意味でハーディのマウスピースとしての役割が与えられていることは明白である。そして、ジェイムズが言うようにオウクに託されたモラル・メッセージを一つの主筋としてこの物語を読むとき、これは皮肉にも、ジェイムズが非難するように、「芸術的に見てひどいもの」であるどころか、実に完璧な構成をもった牧歌的物語となっていることは驚くばかりである。オウクとバスシーバの出会いで始まった物語は、紆余曲折を経て、オウクとバスシーバの結婚で終わる。「私は自立心がとても強いの。あなたには決して私をおとなしくさせるなんて無理よ」[14]と物語の冒頭でオウクに断言するバスシーバは、物語の進展と共に苦しい体験を通して、オウクの人間的真価を認め、強い連帯意識に結ばれて、新しい生活を始める。「馬車で行くことを分別のある二人は不必要なこと」（三四三）だと考えて、傘をさして教会に向かうが、ここにおいて、バスシーバは見事にオウクによって手なづけられたと言えよう。オウクとバスシーバの結婚は、ウェザベリ・アパー・ファームの繁栄を約束し、そのファームを中心として展開する牧歌的なコミュニティの安泰を保障するものであろう。教区のサードリ牧師の教会は村人の生活の根底にとにもかくにも関わっており、バスシーバは日曜ごとの礼拝を欠かさず、教会はコミュニティの中心に位置するというアングリカニズムを基盤とする典型的な農村社会は、牧歌的な平和と繁栄の未来を約束されてこのハッピーエンドの物語は幕を閉じる。そして波瀾万丈のあとのこの平和な結末こそ、まさにお茶の間のコーンヒル誌読者の要求にぴったりのものであったと言えよう。ハーディは「連載ものの上手な書き手」として、コーンヒル誌のミセス・グランディのとがめを受けることもなくスティーヴンの要求に見事に応えたのであった。

しかしながら、『はるか群衆を離れて』は、はたしてオウクの物語だろうか。アングリカニズムに支えられた平和な農村社会の秩序と安定が讃えられ、オウクの自立への努力、献身的愛、くじけない忍耐力を確認することが、この作品の目的と言えるのだろうか。ウェザベリの農村のコミュニティでオウクを中心に展開し、まさに牧歌的物語にふさわしい結末をもって終わるこの小説は、しかしまた、ボールドウッドの、そしてトロイの、さらに何にもましてバスシーバの物語でもある。そしてヒロインを中心にみれば、バスシーバをめぐる三人の男たちの物語になると言えよう。連載ものとして、お茶の間の読者のために巧妙にまとめられた結末も、バスシーバにとってはいかなる意味をもつのだろうか。

先に触れたスティーヴンの手紙は、『緑樹の陰で』から強い感銘を受けたことをハーディに伝え、その線に沿った物語の寄稿を求めたのであった。その結果『緑樹の陰で』と『はるか群衆を離れて』の両小説の世界の類似は、マイケル・ミルゲイトが指摘するようにセッティングや時間、またそれぞれの与える印象や構成にみられるのは言うまでもないが(15)、二つの小説を結びつけているのは、より深い、根本的なところにあると筆者には考えられる。特に、『緑樹の陰で』をファンシー・デイの物語、すなわち、ファンシーをめぐる三人の男たち―ディック、シャイナ、メイボールドーの物語として考え、『はるか群衆を離れて』をバスシーバをめぐる三人の男たち―オウク、ボールドウッド、トロイーの物語として捉えるときに、ヒロインをめぐる同じパタンの展開は明らかであろう。二人のヒロインたちは三人の男たちの間で揺れ動き、それぞれ田園世界の「外」を知るメイボールドとトロイに心を惑わされ、最後には、自然と農村のコミュニティの安泰を約束するディックとオウクと結ばれ、めでたく、ともかくもハッピーエンドで終わる。二人とも教育があり、その分だけ自立心があり、しかも気まぐれで衝動的だ。バスシーバはまたファンシーの姉妹と言えよう。

「ヒロインをめぐる三人の男たちの物語」として、『緑樹の陰で』と『はるか群衆を離れて』を考えるとき、『緑樹の陰で』では、ややぼんやりとした形で表されていた、ディック、シャイナ、メイボールドの三人の男が表わす意味とヒロインとの関わりが、『はるか群衆を離れて』では、いっそう明瞭に、鮮明に、三人の男たちに体現されていることに気付く。それではバスシーバをめぐる三人の男たちの関係と彼女の行動の意味を少し詳しく考察してみよう。

バスシーバと三人の男たちの関係で常に問題となるのは「結婚」である。バスシーバにとって「結婚」はどのような問題としてとらえられているのだろう。まずオウクについて考えてみよう。バスシーバを見初めてオウクは結婚の申し込みをするが、「あなたより私の方が高い教育も受けているし、それにあなたのこと少しも愛していないんですもの」(五〇)とバスシーバは断る。ハースト夫人によれば、「器量良しで、その上、教育もある、家庭教師になろうとしたこともある」(四七)バスシーバにとって、一介の羊飼いから、農場管理人となり、ようやく小さな農場主となったオウクは物足りない相手だった。だからこそ、あとになってバスシーバは女中のリディが今まで結婚の申し込みをした人は多かったのでしょうね、と尋ねたのに対して、オウクの姿を思い浮かべながら、一人いたんだけれど、「その人、私には少々物足りなかったのよ」(八五)と答えている。バスシーバにとってオウクとの結婚は「ばかばかしい」、およそ考えられない、途方もないことだったと言えよう。

バスシーバが幸運にもウェザベリの農場主となり、オウクが一介の羊飼いに落ちぶれてしまい、偶然バスシーバの農場で働くことになってからは、二人は女主人と使用人の関係になってしまう。女農場主として「社会的地位が上昇したのに必然的に伴う結果」（八九）の威厳を備え、農場管理人もおかずに、農場を取りしきっていこうとするバスシーバの視界に何となく気がかりな存在として入ってくるのは、隣接するリトル・ウェザベリのロウアー・ファームの農場主ボールドウッドなのだから。秘かに変わらぬ愛情を抱き続け、ただの羊飼いとして遇されながらも、実質的には管理人の仕事まで進んで背負いこみ、はらはらしながら女主人の行動を気遣うオウクに、バスシーバは二度までも「出ていって頂戴」と言う。戯れのヴァレンタイン・カードをボールドウッドに送り、気があるように思わせて、謹厳な彼の心をもて遊ぶなどとはとてもほめられたことではないと忠告するオウクに、「私、誰からだって、私の個人的な行動を批判されるなんてがまんできないわ。……ほんの一瞬だってよ。だから、この週の終わりには、どうぞ、ここから出て行って頂戴」（一三一）と叫び、さらに「あなたの顔など、二度と見たくないわ」とさえつけ加える。「承知しました。エヴァディーン嬢さま—そういたしますよ」と洩らし、オウクは憤然とバスシーバの前から去って行く。

同じ事態は二度まで起こる。再びバスシーバの懇願に応じて農場で働くことになったオウクは、バスシーバにトロイとの関係を注意する。あの男にはもう少し慎重に振る舞わなくてはいけない、それに、ボールドウッドと結婚するのが、安全な道ではないのか。私自身は、こんなに貧乏になってしまった今、はるかに身分の高いあなたを得たいなどと思うほど馬鹿ではないが……と。こうした諫言に、バスシーバは声を震わせて言い放つ。「どこか他の所へ行って頂戴。……もうこの農場にとどまっていないでよ。あなたなんて居なくて結構よ—出ていって！」と。オウクの屈辱感は堪え難いものだった。私がいなければ、とてもこの農場を取りしきっていけないのに、そして、「ついこの間まで、同じような身分だったというのに、自分をまるで、ディックやトムやハリーみたいに扱って」（一七七）とオウクは怒りに身を震わせながらも、バスシーバへの愛のために農場を出ることはしない。

バスシーバとオウクの「結婚」という問題は、その根底のところに、厳然とした経済的、社会的力関係が存在している。だからこそ、物語の結末で、バスシーバが結婚するオウクは一介の「羊飼いオウク」ではなくて、「農場主オウク」なのであり、「今のところは農場主にふさわしい金も邸も家具も持ってはいないけれど、かならず近いうちに手に入れることになって」（三四三）いる。物語の冒頭でやっと最近農場主と呼ばれはじめたオウクは、あわれにも「羊飼いオウク」となるが、やがて「管理人オウク」となり、ついに再び「農場主オウク」として社会秩序の階段を昇ってくる。オウクがどのように忠実な下僕としてバスシーバに仕えたとしても、彼の羊の毛を刈る技術がどのように巧みであろうとも、そして、彼がヴィクトリア朝道徳の権化として、誠実で、勤勉で、堅忍の精神の持ち主だとしても、一介の農場労働者であり続けたとしたら、バスシーバは彼との結婚に同意できなかったであろう。オウクが農場主になってからでさえ結婚を申し込まれると、「そんなこと、考えてみても、あまりにもばかげた―あまりにも急な―ことだわ」（三二八）と言ってしまい、あわてて「あまりにもばかげた」を「あまりにも急な」と繰り返して打ち消し、ごまかそうとしたバスシーバなのだから。

それでは、バスシーバとロウアー・ファームの農場主ボールドウッドとの結婚はどうだろう。ボールドウッドは四〇歳くらいのいかにも紳士といった、威厳にみちた人物である。ローマ人のような顔つき、堂々とした態度、落ちついた物腰など、この教区では上流社会に一番近そうな人間と村人から誇りに思われていた（一一八）。あらゆる点から考えて、「この真面目な、裕福な、人々の尊敬を得ている人」と結婚することは望ましいこととバスシーバには判っていた。「ボールドウッドは、結婚するための手段としてみると、非の打ちどころがなかった。彼女は尊敬していたし、好ましいとも思っていた。しかし、彼を自分のものにしたいとは思わなかった」（一二七）。農場主ボールドウッドの持つ経済的、社会的地位の重要性を、女農場主であるバスシーバは頭では十分理解していた。ボールドウッドとの結婚は彼女の社会的地位の向上にも役立つだろう。だから馬泥棒と間違えられて、バースに馬を駆るとき、「トロイとボールドウッドが入れ替わっていてくれて、恋の道がそのまま義務の道でもあってくれたら」（一九五）どんなにいいことかと考えてしまう。恋の道とは感情に流される道であり、義務の道とは理性に従う道であろう。

理性ではボールドウッドの方がふさわしい相手だと考えながら、肉体はトロイの魅力に惹かれていくバスシーバの内面の矛盾が鋭くとらえられている。

ボールドウッドにとっての「結婚」も一種の商取引だ。トロイとバスシーバの結婚を何とか阻止しようとしてボールドウッドがトロイに懇願する言葉を聞いてみよう。


はっきり言ってやるけど、バスシーバはあんたをもて遊んでいるだけなんだよ。言ったように、あんたは、あの人に均合うにはあまりにも文無しだ。だから、けっしてできもしない結婚をしようと思って時間を無駄にすることなど止めて、明日にもできる（ファニーとの）普通の、分相応の結婚をすることだな……あんたに五〇ポンド、ファニーにも結婚式の準備のため五〇ポンド……結婚式の当日には彼女に五〇〇ポンドあげよう。（二〇五）

ボールドウッドの反対は、主にトロイの人格への不信感やファニーとの隠れた関係への非難からのものだが、バスシーバとトロイが経済的にも社会的にも不均合いな組み合わせであることをボールドウッドはここで残酷なまでにトロイに思い知らせている。

ハーディの小説における「結婚」の意味を実に如実に語っているのは、女中のメアリアンの次の言葉であろう。バスシーバがメアリアンに、お前などもうさっさとお嫁にいってなくてはいけない年頃じゃないかといったお叱言を言ったのに対してメアリアンは答える。

はい、奥様―そうでございますよ。でも、貧乏な人には嫁ぎたくないし、かといってお金持ちは私などもらってはくれません。ですから、私はまるで「荒れ野のハゲタカ」のごとく立ちつくしているところなんでございます。(八五)

それぞれの人間が、少しでも社会階層の階段を登ろうとして、「結婚」をそのための何よりの手段と考え、もがき、あがく。これは男も女も自分より上の階級の人間と結び付こうとするハーディの小説にみられる典型的なパタンであろう。『はるか群衆を離れて』はたしかに舞台も人物も牧歌的物語の枠内にきっちりとおさめられたものであるが、それはまた階級意識の浸透した、経済的、社会的構造を内包したパストラルであると言える。

このように、バスシーバとオウク、バスシーバとボールドウッドにみられる、いわばキャッシュ・ネクサスを基盤とした人間関係の中に、まったく異質な要素がまさになぐり込みをかけてくる。それがトロイの出現である。夜道でバスシーバのスカートにからまった相手は緋色の軍服を着たハンサムで、饒舌な洒落者の軍曹だった。

そして、トロイが剣の術をバスシーバに披露して、彼女の心を完全に魅了してしまう有名な場面が来る。バスシーバは、トロイの電光のようにきらめく鋭い刀の切っ先の前に、微動だにできず、さからう力もなく立ち尽くす。「要するに、彼女は空一面の流星がすぐそばに流れ落ちてくるのにも似た、閃光と鋭いしゅっという音の天空に封じこめられた」（一七〇）のだ。「彼は彼女にとってあまりにも圧倒的だった」（一七二）。そしてトロイはバスシーバの唇に優しく接吻をするやいなや、瞬時のうちに姿を消してしまった。多くの批評家が指摘するように、この場面でバスシーバを捉えたのは、セクシュアルな恍惚感であった。トロイこそ彼女の内に、噴出する術もなく閉じこめられていたセクシュアルな情熱を吐き出すことができる、初めての男であった。オウクに「良心など全然持ち合わせない男」（一七六）と忠告され、召使たちから「手に負えない放蕩者」（一八〇）と呼ばれている男であるにもかかわらず、バスシーバは「気が狂うほど、悩ましく、苦しいまでに彼を愛している」（一八〇）と召使いに告白する。トロイにはボールドウッドの経済的、社会的地位もなければ、オウクの高潔な人柄も真面目な勤勉さもない。しかし、トロイの男性的魅力はバスシーバの情念を燃え上がらせてしまう。バスシーバはオウクに対して、「あなたを少しも愛していない」と言い続け、ボールドウッドに対しても、「尊敬はしているけれど愛していない」、「妻が夫を愛するようには決して愛することはないだろう」（三〇五）と弁解を繰り返す。バスシーバが「妻が夫を愛するような」愛を感じたのはトロイだけであった。オウクにもボールドウッドにも欠落しているのは、セクシュアリティの魅力であり、二人のいずれもバスシーバの官能を満足させることはできないであろう。バスシーバの情念はトロイに向かって溢れだすのだ。

バスシーバは、勝気な、自尊心の強い、知的な女性であり、自分の農場も管理人もおかず女手一つで経営していこうとするほど男まさりな意気込みも持っている。このような精神的、経済的な自立を求める女性の中に蠢く情念の持つ力を、トロイとの駆け落ち、結婚へと至るプロセスの中でハーディが強く凝視している点に注目しなくてはならない。バスシーバのトロイとの結婚は、キャッシュ・ネクサスを基盤とする制度や因襲をも無視する情念の激しさがあってこそ初めて可能な事件であった。

それでは感情に駆られて、トロイとの結婚へと走るバスシーバの内面にはどのような葛藤のパタンが見出されるのだろうか。バスシーバの内面では、常に、先にも触れたように「恋の道」と「義務の道」が交錯する。いわば「感情」と「理性」の戦いであり、「感情」が「理性」を圧倒していくパタンである。深夜、使用人たちの目を盗んで馬車を駆りバースにいるトロイに会いに行くバスシーバは、前述したように、トロイがボールドウッドであってくれたら、恋の道が義務の道でもあってくれたらと思う。バスシーバの理性は、トロイよりボールドウッドの方が、自分にふさわしい相手だと告げている。しかし、バスシーバの感情は彼女をトロイに向かって、つっ走らせるのだ。トロイと結婚するに至った経緯をオウクに告げてバスシーバは説明する。「それで、嫉妬もあったし、(トロイは他の美しい女に惹かれてバスシーバを棄てるかもしれないと脅したので)心は混乱してしまうしで、あの人と結婚してしまったの!」(二二五)。嫉妬と錯乱状態のためにバスシーバの理性はいずこへか飛び去っていたのだ。

同じパタンは、バスシーバが棺のなかにファニイの亡骸と並んで赤ん坊を見出したあのセンセーショナルな場面でも見出される。金髪に縁取られたファニーの死顔は、白く、無邪気だが、「自分が受けた苦痛には、苦痛でもって報復するのだといった微かな勝利の様子」(二六〇)さえ見られた。「あー、この娘が憎い。でも、憎んではいけないわ。それはしてはいけないことだし、よくないことだから。でもやはり、少し憎い! そう、私の心は別にして、私の肉体は憎まないではいられないの!」(二六〇)とバスシーバは悲痛な叫びをあげる。ファニーを憎むのが許されないことを理解しながら、眼前の場面が与えた衝撃はあまりにも強く、バスシーバは感情の奴隷に堕してしまうのだ。さらにトロイが悔悟の念に駆られてファニーにくちづけするのを見たバスシーバは、トロイに飛びつき、両腕を彼の首に回して、心の底から搾りだすような声で哀願する。「お願い、その人たちに接吻しないで! ねえ、フランク、がまんできないわ—駄目よ! その娘より、私の方がずっとあなたを愛しているわ。だから私にも接吻して—お願い! フランク、私にも、後生だからキスして頂戴!」(二六二)。バスシーバの「身体中に散らばっていた感情がまるで一つに集まった」(二六二)ように、バスシーバは感情の嵐に圧倒される。つい先ほどまでファニーが自分の名誉を傷つけ、出し抜き、子供まで産んでいたことに激しい怒りを感じていたというのに、「それら全ては妻が夫に抱く、当然のより強い愛情の前に忘れ去られていた」(二六二)。トロイの裏切りを怒り、自尊心に満ちていたバスシーバは、うって変わってトロイから憐れみの接吻を求めてひれ伏す。

バスシーバのボールドウッドに対する態度にも同じパタンがみられる。ボールドウッドが戯れのヴァレンタイン・カードをきっかけに、バスシーバに結婚を迫る時も、バスシーバは「〝愛せるように努めてみますわ〟といつもの自信に満ちた態度とは似ても似つかぬ震えた声で答えていた」(二四九-一五〇)。ボールドウッドを尊敬はしていても、少しも愛していなかったのに。また、トロイの失踪後、再び結婚の約束を求めるボールドウッドに対して、「あなたを愛していませんの」と弁解しながらも、愚図愚図と曖昧な態度をとって、またもやボールドウッドに結婚の期待を抱かせてしまう。「バスシーバの心は実に奇妙な状態だった。それは、精神が完全に肉体の奴隷であり、目に見えない妙なる心の中味は、形ある血、肉に依っていることを示していた」(三〇五)。

このようにバスシーバの「意志」は常に眼前の状況に影響された「感情」に裏切られる、あるいは覆される。語り手はバスシーバの内面で、「感情」が、「意志」を覆す過程を繰り返し描き強調することで、「意志」と同様に溢れる「感情」をともに備えた、等身大の女性を描くのに貴重な先鞭をつけたと言えよう。ここには、自立心に富み、教育も受け、理性も備えた女性、しかも、健康な肉体とセクシュアリティをもった一個の普通の女性が登場してくるからである。一八四〇年代が背景と言われるこの物語の、その時代背景の中でのヒロインの新鮮さはベイリーならずとも驚嘆に値するものであろう⒃。

しかし、用心深い語り手は一方でバスシーバのセンシュアルな情念のほとばしりを凝視しながらも、他方で彼女への批判をつけ加えることを忘れてはいない。バスシーバは物語の冒頭から、鏡に自分の顔をうつして惚れ惚れと眺めるようなうぬぼれ屋であり、感情の動きは衝動的で、気まぐれだ。バスシーバの気まぐれが強調されれば、トロイとの駆け落ちは衝動のおもむくままの愚行となり、オウクの道徳的価値に気付いて結婚するという結末の意味は重みを増すことになる。鏡を覗き込むバスシーバの行為は「女性に特有の弱点」（三〇）とされ、彼女は自分を生来の女（一八五）と認めている。バスシーバの感情が気まぐれなのは「多くの他の女がそうである」（三三四）のと同じだし、トロイに接吻してと哀願するバスシーバは「あらゆる女が心の中は同じようだ」（二六二）ということを明らかにに示すものだとする。「女だから」、「女であるがために」、語り手の声はちらちらとバスシーバを非難して、アンティ・フェミニストぶりを仄めかす。ここには女性を「男性より劣った器」とみる語り手の本音があるとも言えよう。バスシーバは精神も肉体も備えた等身大の女性の先駆けとなりながら、同時に衝動的で、気まぐれで、わがままで、女ゆえの特有の欠点を持っている者として描かれることになる。そうすることで、バスシーバがトロイにみせる官能的情念のもつ本来の意味はその激しさをそがれるけれど、コーンヒル誌の読者にはそれだけバスシーバは抵抗なく受け入れられることになったと言えよう(17)。

こうしてバスシーバは三人の男たちの間で揺れ動く。ボールドウッドはバスシーバのレスペクタビリティに、オウクは彼女の良心に、そしてトロイは彼女の官能に訴え、バスシーバは三人の男たちの間で分裂する。言い換えればバスシーバの分裂する内奥は三人の男たちによってそれぞれ表されていると言えよう。分裂する感情のままに流され行動するバスシーバはボールドウッドを駆り立てトロイの殺人を招き二人の男を破滅させる。最後にバスシーバはかろうじてボールドウッドと同じような農場主の身分を手に入れたオウクと結婚するのだが、結末には何ゆえにあのように陰鬱な雰囲気が漂っているのだろうか。結婚式の朝は、「小雨の降る、嫌な」(三四二)天気だ。オウクとは「男と女の間には滅多に見られない仲間意識」(三三九-四〇)に結ばれてはいるが、バスシーバの中の官能的激情はオウクによって満たされるとも思えず、そのじめじめとした湿気の中で燃え上がることのない焚き火のように、くすぶり続けることになるためであろうか。あるいはかつての男まさりの、女農場主としてのバスシーバの独立心はオウクに飼い馴らされてしまったからだろうか。このじとじとと霧雨のけぶる暗い結末の風景は、三人の男たちに引き裂かれ、懊悩し、最後におとなしくさせられたバスシーバの内奥のまことに興味深い深層を、さらには小説家ハーディがコーンヒル誌連載という条件のなかで、ようやく描き得た女の微妙に曖昧に屈折し、くすぶり続ける複雑なセクシュアリティを図らずも暗示しているのではなかろうか。

3章

ユーステイシア・ヴァイの反逆と死

『帰郷』

『帰郷』（一八七八）はハーディの小説の中で、初めての本格的な悲劇である。『窮余の策』（一八七一）、『青い眼』（一八七三）、『はるか群衆を離れて』（一八七四）、『エセルバータの手』（一八七六）と小説を発表してきたハーディが、このとき目指していたのは「まぎれもない芸術作品」(1)を書くことであった。『はるか群衆を離れて』の出版に際して、「連載ものの上手な書き手」(2)に甘んじたハーディが、いつの日にかと心に期したことは「適正なバランスを備えた、完成度の高い作品を目指す作家」(3)となることであった。ここからハーディにとって初めての本格的な悲劇が書かれることになる。

J・パターソンによると、『帰郷』には原テキストと言えるもの、ベルグレーヴィア誌の連載もの、一八七八年の初版本、一八九五年のユニフォーム版、そして一九一二年のウエセックス版という五種のヴァージョンがあり、この過程で、比較的単純な、牧歌的な物語が壮大なギリシャ悲劇の構想を取り入れて、本格的な悲劇へと変容していったと言う(4)。ハーディ自身が『テムプル・バー』の編者であり、出版者でもあったジョージ・ベントリーに宛てた手紙で、『帰郷』を売り込んで、これは『はるか群衆を離れて』と同じような「田園生活の物語」だと述べているけれども(5)、牧歌的な枠組みでまとめられた『はるか群衆を離れて』と『帰郷』を並べてみるとき、ギリシャ悲劇の構想を取り入れ、神話の引用を散りばめ、構成を熟慮し、精度の高い「芸術作品」を書こうとしたハーディの意気込みは明らかである。

場所はエグドン・ヒースに限定され、時は一八四二年一一月五日から翌年の一一月六日まででギリシャ悲劇やエリザベス朝悲劇のパタンを踏襲した構成を取り入れている。結果としては後日物語を入れて、六巻となったが、主な事件は悲劇の五幕に則って五巻の中に収められた。この「後日物語」については、初版より三四年を経た一九一二年版においてその六巻の注でハーディは次のように書いて、読者を驚かせたのである。「ハッピーエンドは無理に付け加えたもので、本来ヴェンとトマシンの結婚は意図していなかった……」と。ハーディの本来の意図とは物語は主要人物のすべてにとって悲劇で終わるはずであった。ユーステイシア、ワイルディーヴ、ヨーブライト夫人は思いを果たさずに死に、ヴェンはヒースの荒野のいずこともなく消え去り、トマシンは未亡人のままの余生を送り、クリムは、深い憂いを内に抱えて辻説教師としてエグドンの丘に生きる。誰一人として志を果たすことなく、悲劇的な生を終え、ハーディの悲劇の意図は見事に完結するはずであった。「しかし連載ものの出版の事情が意図を変更させた」(6)と。ハーディの芸術的意図はここでもお茶の間の読者向きという出版の事情のために、改変を余儀なくされたのである。しかしながら、すくなくともユーステイシアの物語としては、『帰郷』は見事に悲劇としての完結を見せていると言えよう。

このように、この小説は「ギリシャ悲劇化」という枠組みを与えられているが、根底においては、極めて現実的な、エグドンの荒野に展開する「田園生活の物語」でもあることを銘記しておく必要がある。エグドンを舞台に進む話はまぎれもなく、ヴィクトリア時代のイギリス南部の農村社会のものであり、それはまた「クラス」と「ジェンダー」にはがい締めにされた当時の社会の縮図と言えるものである。それはまたハーディの他の小説の世界と通底する社会状況であることは言うまでもない。こうした社会状況のなかでユーステイシアの反逆と死はどのような意味を持つのだろうか。まずエグドンの社会を詳しく見よう。

作中でギリシャ悲劇のコロスの役割を与えられているヒース・フォークは別として、主要な登場人物たちがいかに己れの階級意識にとらわれているかは、ハーディの他の小説の登場人物たちと同じとはいえ、注目すべきことである。エグドンの村にあって、農民たちより上の家柄と言えるのは、ヨーブライト家と、ミストーヴァへ移り住んで来たヴァイ家だけである。彼らは金持ちというわけではないけれど、誰にでも頭を下げて生活の糧を稼ぐ必要のない階級だ。だから、下の階級の者にとっては、たとえば紅殻屋のヴェンがヴァイ大佐を訪ねる時に感じたように、彼らを訪問することは「ちょっと気を遣わなくてはならない、気骨の折れる仕事」（九九）だったのである。

村で一目おかれているヨーブライト夫人にとって、村人たちはいつも「自分のレヴェル以下」（五四）の人間であったが、その理由は、夫はしがない小さな牧場主であったが、自分が牧師補の娘であったからだ。だから彼女は姪のトマシンがワイルディーヴごとき居酒屋の亭主―ただこの男もただの居酒屋の亭主というよりは、もともと、もう少し学問のある技師とされていて、微妙な階級差がきちんと示唆されているのであるが―と結婚することには反対で、教会の結婚予告の場ですっくと立ち上がって、結婚異議申立てをして、隣に座っていたフェアウェイの肝っ玉を縮みあがらせたりした。しぶしぶトマシンとワイルディーヴの結婚は認めるのだけれど、「可哀相な娘だよ、きっと情に負けてしまったのね」と言い、「なったことはどうしようもないことだわ」（五六）と未練がましい言葉を呟いている。

一方トマシンの方はこうしたヨーブライト夫人の失望は十二分に承知している。ワイルディーヴと結婚できなくて、ブルームズ・エンドへヴェンに助けられて舞い戻ったトマシンはワイルディーヴへの不信に悩みながらも、世間体を気にする伯母のために結婚を切望するのである。パターソンは二巻八章のタイトル「おとなしい心に見いだされた頑固さ」―これは何か前後関係からいってそぐわない題名であるが—はもとは「幸福は世間体のために犠牲にされなければならない」であったことを指摘している(7)。もとのタイトルであれば、トマシンがいかに伯母に気を遣って、世間体を考えて、信頼できない男と結婚を決意するにいたるかが非常によく理解できる。トマシンは結婚について階級や世間体に伯母同様に縛られている。

このトマシンに秘かに想いを寄せるのがヴェンであるが、この男が一番気にしているのは、メフィストフェレスのように人に嫌われ、子供たちに恐れられている真っ赤な姿の自分の職業のことだ。そしてそのヴェンも、物語への登場と共に、けっしてそれほど賎しい身分ではないことが付け加えられる。トマシンへの結婚をおずおずとヨーブライト夫人に申し出るヴェンは自分の職業と財産のことを一生懸命に弁解する。物語の最後でトマシンの愛を勝ち得たヴェンは、この階級社会では当然のことながら、もはや紅殻屋ではなく、立派な小農場主となって、白い顔は紅殻の痕跡も留めてはいない。

この物語のメイン・プロットはユーステイシアとワイルディーヴ、そしてユーステイシアとクリムという関係で発展していくが、言ってみればユーステイシアを中心に展開するこれらの二つの関係においても、社会の階級がいかに重要な意味を持つか、階級の微妙な差を巡っていかに会話が激しい火花を散らすかは驚嘆するばかりである。エグドンに移り住んだユーステイシアは、ワイルディーヴと恋の火遊びに興じるが、それは「自分にとってよりふさわしい相手」(八六)

がいないからに過ぎない。だからユースティシアのワイルディーヴへの気持ちは、状況によって簡単に変化する。ワイルディーヴが自分を棄ててトマシンに心を移したと知るや、「あの女と結婚しなさいな。あの女は私よりずっとあなたの身分に相応しい人だわ」（九五）という侮蔑的な言葉を浴びせる。次に今度はヴェンからトマシンのためにワイルディーヴを諦めて欲しいと頼まれると、けっして諦めないと叫ぶのは「あんな自分より身分の低い女に負けたくない」からだ。ユースティシアはワイルディーヴもトマシンも自分より一段下の階級の人間としてしかみていない。

それではユースティシアとクリム・ヨーブライトの場合はどうであろうか。ここでもヨーブライト家とヴァイ家の家柄をめぐって、ヨーブライト夫人とユースティシアとの間でお互いのプライドを剝き出しにした言い争いがある。手渡されたはずのお金の連絡がクリムから届かないのを不審に思ったヨーブライト夫人はユースティシアをミストーヴァの実家に訪ねる。ヨーブライト夫人が誤解からユースティシアがワイルディーヴから金を受け取ったはずだと責めたのに対して、ユースティシアは火のように怒る。

「言わせて頂きますが、クリムとの結婚は、私にとっては屈辱でしかありません。罠にかけたなんて、とんでもないことですわ」

これに対してヨーブライト夫人はこう切り返す。

「あー！　私の息子の家柄がヴァイ家ほども良くないなんて、聞いたこともない。いえそちらよりも上ですよ。あなたに屈辱だなんて言われるとは、片腹痛いってものです」（二三〇）

ここでヨーブライト家とヴァイ家はどちらが少しでも上の階級なのか、どちらが結婚によって身分を落としたことになるのか、二人の女の階級意識が競い合っていると言えよう。エグドンの荒野は太古から少しも変わらない、文明を拒む自然そのままであるけれども、そこに住む人間の世界は、人間が作りだした社会と制度を体現し、その価値観に縛られたものである。

このような当時のイギリス社会を凝縮したようなエグドンの農村社会の中で、ユーステイシアは何を求めて、どのように行動するのであろうか。彼女の目的はエグドンを脱出することだ。自分より一段と身分の低い、取るに足りない人々の住むエグドンは彼女にとってはなんの魅力もない。華やかなパリを目指してここから脱けだし、そこで「淑女」として生きることこそ彼女の願いであった。その願いの実現のために彼女の行動が始まる。語り手はユーステイシアがいかに社会通念を無視し、それに反逆して行動するかを次のように示唆している。

ユーステイシアは情念という点ではいつも享楽主義者であったけれど、社会道徳から見る限り、原始人の状態に近かった。官能の秘やかな奥深い領域には通じていたけれども、社会通念と言う意味ではその敷居すらまたいだこともなかった。(一〇五)

ピーター・ウィドゥソンは「階級と性差を持つ社会構造は男よりも女をより激しく抑圧する」と述べ、「ハーディの描く女たちは男たちよりも、より強い階級上昇志向の可能性を示している」(8)と指摘している。ハーディのヒロインたちは程度の差こそあれ、女を縛るなんらかの社会の制度と戦い、反逆が強ければ強いほど、決定的なダメジを受けたと言えよう。ユーステイシアの反逆と死はこうした中で起こったのである。

ところで、ユーステイシアの反逆と死を考えるにあたって、その特質を鮮明にするために、ここでM・E・ブラッドンの『医者の妻』(一八六四)を取り上げてみたい。M・E・ブラッドンはフロベールの影響を受けているし、またブラッドンとハーディの間には親交がありハーディはブラッドンに負う点も多いことなどを指摘した評論もあるが、筆者には十年余を隔てて書かれた『医者の妻』と『帰郷』はその類似点よりも相違点が重要であると思われる。C・ヘイウッドは『医者の妻』のヒロイン、イザベル・スリーフォードとユーステイシアが容貌や頭の中をいつも「ロマンチックな馬鹿馬鹿しいことで一杯にしている」点で非常に良く似ていることを指摘しているが(9)、それは表面的なことに留まるように思われる。

イザベルとはどんな女であろうか。この作品はセンセーション・ノヴェリスト、ブラッドンにしては、あまりセンセーショナルな要素の無い、珍しい作品である。物語の始めで不審な失跡をしたイザベルの父が、物語の終わりでイザベルの恋人が偶然自分の悪事を暴いた男と知って殴り、死に至らしめるといった経緯にセンセーショナルな点がみられるくらいだ。イザベルは田舎医者ジョージ・ギルバートと結婚するが、その結婚生活に対する不満からイザベルはミッドランドシャーのもっとも素晴らしい屋敷ランズデル・プライオリの所有者で、詩人でもあるローランド・ランズデルと恋に落ちる。その恋愛がメイン・プロットである。ユーステイシアとの類似点が指摘されているように、大きな黒い目と長く黒い髪をしたイザベルは、朝から晩まで椅子に寄りかかって、小説ばかり読み耽り、自分をロマンスのヒロインとして思い描き、「まだ見ぬ王子」の訪れを待つ娘である。真面目な田舎医者と結婚した彼女は、ロマンスの世界が忘れられず、家事など使用人に任せっぱなしで、ただただ単調な田舎医者の妻の生活をかこつ。

イザベルには「幼児のような」、「ロマンチック」、「わがままな」、「傷つきやすい」、「愚かな」といった形容詞が繰り返し使われ、キーツやシェリーからの詩をオウムのように繰り返して口にしたり、姿見の前でひとりシェイクスピアのヒロインたちを演ずる姿が描かれる。

彼女は愚かだった。本当に馬鹿だった。今までずっと子供らが人形と遊ぶように、物語の中のヒロインやヒーローらと遊んできたのだった(10)。

こうした彼女が広壮なお屋敷の所有者ローランドと知り合ったとき、彼は「彼女のために天空から舞い降りてきた半分神のような人物」(二二〇)に見えた。初め、イザベルの愚かさを笑っていたローランドも、次第にイザベルの邪心のない愛に心を動かされて、ついに彼女に愛を告白し、夫を棄てて駆け落ちするように迫る。ところが、イザベルはただ夢のようにローランドを恋していただけであって、プラトニックな恋を恋していたのにすぎなかった。彼女の純粋な愛は駆け落ちなどという醜悪な現実によって汚されたくないというのが夢みる彼女の本心であった。

私には一つの選択しかできませんわ。とっても不幸だとは思いますけれど、夫への義務は果たします。そしてあなたのことは心で思い続けてまいりますわ。(二五二)

イザベルは現実の不満のはけ口として、ただ恋を恋していたのにすぎなかった。物語はその後、センセーション・ノヴェル的に展開して、夫のギルバートは診療先で疫病に感染して高熱をだして死に、行方をくらませていた詐欺師の父がイザベルのもとに金の無心に現れ、ローランドが昔自分の罪を暴いた男と知って殴りつけ、それがもとで、ローランドは死ぬ。ランズデルの広大な屋敷は遺言によって、イザベルの手に渡るという奇妙なハッピーエンドで話は終わる。

この小説でイザベルについて特に強調されているのはどういう点であろうか。第一にイザベルは徹頭徹尾、幼児のような、愚かな女として描かれ、彼女のロマンスへの耽溺は語り手によっても、また他の登場人物たちによってもいつも嘲笑の対象になっている。現実への不満で頭を一杯にしているだけで、ローランドのかつての婚約者であるレイディ・グウェンドリンを見ては、自分がどうして伯爵の娘として生まれなかったのかと嘆く。彼女はただ恋を恋する、夢を夢見る、誠に愚かな女として描かれているにすぎない。第二にイザベルは恋を恋する女ではあっても、彼女にはセクシュアルな情念は存在しない。駆け落ちしないではいられない官能的な肉体を彼女はもともと所有してはいないのだ。結局イザベルは社会の制度の中で生きる、人形のような女でしかない。

さて、このようにイザベルを特徴づける二点において、ユーステイシアはまったく異なっている。第一に彼女はエグドンというこの時代の「クラス」と「ジェンダー」を内に凝縮した社会に反逆し自由に行動する女である。そして第二に彼女は内なる官能と情念とセクシュアリティを噴出させる、肉体を備えた、等身大の女である。ユーステイシアの特質を考察してみよう。

バドマスから祖父と共に移り住んだエグドンは彼女にとっては地獄に等しかった。ユーステイシアはエグドン・ヒースを憎み、そこに住むヒース・フォークをも憎む（一八二）。エグドンは彼女の「十字架」であり、「恥」であり、「死」であった。華やかなパリで「淑女らしく」好きなように生きることを願う彼女にとって、エグドンの社会はその可能性を阻むものであった。ユーステイシアはこのエグドンから脱出することで、自分の人生を切り拓いていこうとする。クリムにその可能性を見いだしたユーステイシアはワイルディーヴをさっさと捨て去ると、なんとかしてクリムと偶然出会える機会を求めて、クリムの家のあるブルームズ・エンドの周りをさまよい歩く。そしてついに村の少年チャーリーを説き伏せて、クリスマスの仮装劇に男装して加わることに成功する。娘たちは絶対に参加しないしきたりになっている仮装劇に男装して加わるということはシンボリカルな意味を持つと言えよう。それはユーステイシアの、男のように振る舞いたいという内面の願望を表しているからである。これは女であるために出来ないことも男装をすることで可能となることを示し、ユーステイシアは男装をすることで「ジェンダー」のバリアを越えて男の仲間入りをする。

こうして、クリムと面識を得ることに成功したユーステイシアはクリムを通してエグドン脱出の夢を果たそうとする。ユーステイシアにとって、エグドンに学校を開こうとするクリムの理想など問題にはならなかった。ユーステイシアはクリムに向かって言う。

誤解なさらないでくださいな、クリム、私はパリが好きですけれど、あなただけを愛してもいますわ。あなたの奥様になって、パリに住むことになったらそれは天国でしょうけれど。でもあなたのものにならないことなど考えられないから、それなら貴方と一緒にここのあばら家に住んだ方がましよ。どっちにしても、わたしにとってはとっても得になることなんですもの、とってもね。（一九三）

このようにクリムにユーステイシアの心からの愛と誤解されても仕方のない言葉を与えながら、ユーステイシアの本心はパリに移り住むことにしかなかったのは明らかだ。二人の間には、取り返しのつかない誤解が存在していたのである。ユーステイシアの夢はパリで「淑女らしく」、一段と上の階級の暮らしをすることであった。クリムの方にはあえて「帰郷」してヒース・フォークのために学校を開くという彼自身の夢があった。ユーステイシアもクリムも共に相手を自分の夢を実現する手段としてしかみていなかった。それぞれが自分の夢を互いのなかに投影し、自分の夢のみをみたことが二人の悲劇であった。

しかしながらクリムによってエグドン脱出を企んでいたユーステイシアを待っていたのは思い

もかけない現実であった。「あなたはきっと学校を開くことに固執なさらなくってよね」（一九三）とあくまでパリへの脱出を夢みていたユーステイシアはクリムが目を患うことで学校開設さえ遠い夢となり、しがないエニシダ刈りとなった夫を見ることになった。

ある暖かい午後、ユーステイシアはヒースの野でエニシダを刈っている夫の所へ出掛けて行った。そのみすぼらしい姿に涙をこぼしながら近づいてみると、彼は楽しげに歌を口ずさんでいた。「私だったらそんなことをするくらいなら、餓死した方がましだわ。……それなのに、貴方ったら歌なんか歌っていられるなんて！　私はもうお祖父様の所に帰ってしまいますよ」（二三八）とユーステイシアは激しい言葉を口にだしてクリムを非難する。ユーステイシアにとっては社会の底辺の仕事であるヒース・フォークのなりわいに身を落とし、その敗北と失敗に甘んじている夫の姿は、堪えがたいものであった。「あー、神様！　もしも私が男だったら、そしてこんな境遇にいるとしたら、歌など歌っていないで世の中を呪っているのに」（二四〇）。「行動する、進取的な女性」（一三五）であるユーステイシアからは「もし男であったら」という口惜しさは痛切な思いとなってほとばしりでる。彼女は男であったらと願いながら、現実には女であるために身動きできない無念の臍を嚙む。

次にユーステイシアに見られる「性」の肯定、「セクシュアリティ」の容認という点に注目したい。ジリアン・ビアは『帰郷』の次の箇所を引用して、ハーディが生命の躍動を讃えていることを指摘している(11)。

三月がやって来た。ヒースの野は冬の眠りから覚める初めての微かな兆しをみせた。その目覚めは音もなく忍び寄る猫のようにそっと近づいてきた。ユーステイシアの家の土手の向こうにある池も、音を立てて、動きまわっている観察者には、今までと同じ死んだような、荒れ果てた様子に見えたであろうけれども、しばし静かに見つめてみると、そこには大きな生命がおもむろに活気づく様が見られたであろう。春に向かっておずおずと命が蘇っていた。小さなおたまじゃくしやイモリがいくつもいくつもぶくぶくと泡を吹きながら浮かび上がり、水中をかけめぐっていた。蛙はまるでアヒルの雛のように音を立てて、二匹、三匹と固まって水辺に向かって進んで来た。頭上では熊ん蜂が強さを増した陽光の中をあちこち飛び回り、ブーンという羽音は鐘の音のように空中にうなっていた。(一八六)

ここには春の訪れと共に始まる生命の胎動が、歓喜に近い感情でもって描かれている。そしてこの自然の一員である人間の生命体としての「性」の感動をもハーディは同じように、当然のものとして描くことになる。「社会通念の敷居すらまたいだことのない」(一〇五)ユーステイシアの内面には本能的な情念の火が燃え、いつでも噴き出そうとしているのだ。

『帰郷』でユースティシアのセクシュアリティを描くにあたっては、ハーディは随分心を砕いたと思われる。この作品は初めコーンヒル誌に掲載してもらいたいとして、レズリー・スティーヴンに送られたのであるが、スティーヴンは冒頭の部分は気に入ったけれども、家庭雑誌としてユースティシアとワイルディーヴの関係が危険なものに展開することを恐れ、全部の話を読むまでは受け入れられないと拒絶した(12)。これでハーディとスティーヴンの関係は終わったと言われている。

パターソンはユースティシアとワイルディーヴの関係の描かれ方について興味深い発見をしている。次はその一つである。ユースティシアはワイルディーヴとトマシンの結婚が不首尾に終わったことを祖父から聞かされると、彼をかつてのように呼び出そうとして、かがり火を燃やす。予期したとおりに現れたワイルディーヴに対して、ユースティシアは自分を棄てて、結婚しようとしたかつての恋人をなじる。

「……あなたは彼女を選んだわ。そしてあの女と歩き回って、まるっきり私のことなんか棄ててしまったんだわ。まるで私が命も魂もあんなに激しくあなたのものだったことなんか全然無かったみたいに！」(七八)

このウエセックス版における「命も魂も」の箇所は初版ではただ「あなたのもの」となっており、これが一八九五年のユニフォーム版では「肉体も魂も」とされていて、ユニフォーム版では、かなり明瞭に二人の間の肉体関係が示唆されているとしている。パターソンはその他にも雑誌の制約を免れたハーディがユニフォーム版で二人の「危険な」関係をよりはっきりと書いていると述べている(13)。この改変の跡はハーディがグランディズムをかわしながら慎重に「性」を主張していく様子を示していると言えよう。

また語り手はユーステイシアとクリムの新婚生活を描くとき、二人が耽溺する官能の歓びを大胆に捉えている。「二人は遠くから見ればまるで一つの星かと思われるように、互いが互いの周りを回っている二重星のように」（二二七）惹かれ合っていた。二人だけの世界に浸る彼らにとって外界は存在しないに等しかった。

ヒースの野も天候の変化も、しばらくは彼らの視界からまったく消えてしまった。彼らは何か光輝く靄のようなものに包まれていて、それは少しでもそぐわない色彩はまわりからかくしてしまい、周りのもの全てに明るい光を与えるのだった。（二二七）

この場面は短いものではあるが、なんとD・H・ロレンスの『虹』のウイルとアナの世界を想起させることであろうか。筆者には「生」の本質を見つめるハーディからロレンスへの近さを強く示唆する一節だと思われる。

日が経つにつれて、彼にはなにかまるで天が崩れ落ちて、その廃墟の中に、彼ら二人だけが、いきているかのような気がしだした。ほかの人間は、一人残らず埋まってしまい、彼らただ二人だけが、新しい世界の、幸福な生存者として、なんでも好きなだけ、浪費してもよいという。……とにかく楽しいのは、夜、戸口に錠を下ろして、ようやく暗闇が、彼らを包む頃だった。その時こそは、見ゆる限りの世界に、生きてあるものは、彼らただ二人だけ、その他のものは、一切水の下に蔽われている。（『虹』六章　中野好夫氏の訳による）

『トマス・ハーディと女たち』の著者、P・ブーメラはエニシダ刈りとなったクリムに対してユーステイシアが「私たちは冷めてきたのね……二ヵ月前はあんなに愛しあったのに」と嘆くとき、そこにはクリムの社会的な失敗だけではなくて、ユーステイシアの性的な失望感が示されているのは明らかであると分析している⒁。ユーステイシアの欲望とは「気が狂うほど愛されること」（八四）であり、彼女にとっては「貞節とは恋の熾烈さがあってこそ考えられるもの」（八四）であった。彼女の中でクリムへの愛はもう消えていたと言えよう。

クリムとの未来と愛に絶望したユーステイシアはその「絶望と戦うために」（二四〇）村外れのダンス・パーティに出掛けて行き、そこでワイルディーヴと再会する。丸く黄色い月が上り、青白い夕暮れの光の中で、官能的なダンスの快楽を求めて村々から集まった若者たちの踊りの群れに加わったとき、二人は理性の支配する世界からするりと違った世界に入り込んだように感じた。ダンスの魔力が彼女の体を戦慄のように突き抜けた。二人は我を忘れて、ダンスの世界にのめり込んでゆく。「ダンスは彼らの中にあった社会通念といったものを、徹底的に壊してしまい、今は二重に複雑になってはいたが、昔の恋の道に二人を追い込んでしまった」（二四六）。ワイルディーヴとのダンスに興じるユーステイシアには現在自分を捉えている、セクシュアルな官能の歓びが全てであって、ワイルディーヴとの不純な関係といった社会通念はダンスの前に消えてしまっていた。このようにユーステイシアは自分の情念を行動の基準として動く女だったのである。『医者の妻』のイザベルと並べるとき、ユーステイシアの新しさが鮮明に理解出来る。

しかしながら、このようなユーステイシアに何が出来たのであろうか。ヴィクトリア時代のイギリス社会の縮図とも言えるエグドンの階級社会で、そして女にとっては「何かをするということは結婚するということを意味する世界」（八六）（この語り手の言葉ほどハーディの「女」に対する鋭い現実認識を示しているものはない）で、ユーステイシアにできることはあまりにも卑小である。彼女はかがり火を燃して、意のままにワイルディーヴを呼び出し、自分の力をみせつける。さらに、エグドン脱出の手段としてクリムをあてにする。クリムの中にパリへの脱出という幻想を夢見る。ユーステイシアにとってはクリムを通してしかエグドン脱出の可能性は無い。盲目同然となり、しかも嬉々としてエニシダ刈りに精を出す夫を見るとき、ユーステイシアの絶望は極に達する。「ユーステイシアにとって、この状況はあまりにも彼女の願いを嘲弄しているようで、もしこのまま天の運命の皮肉が続くようなら、死が悲しみを癒す唯一の扉のように思われた」(二四二)。

やがて、運命の皮肉はユーステイシアをさらに苦しい立場に追い込む。ヨーブライト夫人の死をめぐって、クリムとの間が決定的な破局を迎えたとき、彼女はクリムとの結婚が「泥沼」であったことを悟る。祖父のベッドの側に掛かっているピストルを見つけたとき「それが出来さえしたら!」(三〇五)と彼女はため息をつく。F・R・ジョルダーノが指摘するように、ユーステイシアの自殺を匂わせる箇所は多く、「死」の気配は彼女の周りに漂っている(15)。「死」を選ばないとしたら、彼女に残されている道は夫と別れて、エグドンを脱出することだけであった。

皮肉なことに、ユーステイシアはこの時初めて自分の無力を悟る。誇り高き女王のように村人を見下し、チャーリーを、ワイルディーヴを、クリムを意のままに自由に操り、官能のおもむくままに、社会通念などどこ吹く風と気にも留めなかった女、「冬の暗さをみな集めたような」(八一)黒い髪をした、「異教的」(八二)な目と「接吻するために作られたような」(八二)麗しいラインを示す唇を持った女、その彼女は、はたと自分がここを脱け出すための金を持っていないことに気づいた。

彼女の脱出を助けてくれるのはワイルディーヴしかいない。彼に金の無心だけすることも、また彼の情婦として彼に従いていくことも、誇り高い彼女には耐えられることではなかった。

だが、ユーステイシアが夢に描き、憧れたパリの生活とは一体何だったのだろうか。彼女は「生きるための目的を持っていないこと—それが私にとっての一番の問題なの!」(一三一)と言い、それをエグドンから脱出したパリの生活に求めようとする。しかし彼女にとっての生きることの内実は何であったのだろう。「人生と呼ばれるもの—音楽とか詩とか情熱とか戦争とか、そして世界の大動脈のなかで起こっている鼓動や脈拍といったもの」(二六二)、それが彼女が思い描いた人生の中身であった。そして「それに至る道をクリムにみていた」のだった。

ユーステイシアに初めて判ったことは、そのパリに行くためには、男の情けに縋り、言わば男の「隷属物」としてしか行くことが出来ないということであった。さらに彼女にとって痛切であったことは、「たとえ(パリに)行けたとしても、それがどんな慰めとなるだろう? この一年をだらだらと過ごしてきたように、来年もだらだらと過ごすにちがいないわ。そしてその次の年もまた同じように過ぎるだけだわ」(三二一)と言うように、初めて男の情婦として、「男に所有される物」として生きることの本当の意味が判り、輝くパリに実は何もないことが見えたことであった。エグドンという社会に反逆した彼女に実は未来の展望はなにもなかったのである。

ユーステイシアの死が自殺か、あるいはあやまって堰に落ちたのかのいずれかについて論じられているが、テクストを読む限り、ハーディはいずれのヒントも与えてはいない。ただ、ユーステイシアには未来の展望は何もなく、絶望しかなかったことだけは明らかである。彼女に残されたエグドン脱出の道は死による脱出しかなかったのである。

「私には沢山のことが出来たのに」（三二一）と嘆いたユーステイシアであったが、不幸にも何をする力もなかったことが彼女の現実であった。篠突く雨のなか、「ねじれたエニシダの根っこや灯心草の株や、この時期、まるで巨大なけだものの腐った肝臓や肺臓のようにヒースの野に散在していた濡れてぬるぬるしたぶ厚いキノコの塊などに、何度もつまずきながら」（三二〇）啜り泣き彷徨うユーステイシアは、「まるで地中から伸び出た手によって雨塚に引きずり込まれたように」（三二一）(16)絶望の果てに死の世界へと消えたのである。

4章

グレイス・メルベリーの「制度」との戦い

『森林地の人々』

結局、『森林地の人々』のプロットはもともと考えていたものに戻ることになった。朝の一〇時半から夜の一二時まで、細部をつめることに従事している(1)。

一八八五年一一月一七—八日の日記にハーディはこう記している。この「森に住む人々の物語」の構想は既に一八七四年にさかのぼってハーディが胸に温めていたものだった。しかし当時『はるか群衆を離れて』の成功のあと、牧歌的な物語しか書けない作家とみなされることを怖れたハーディは、その構想をひとまず脇におき「新しい今まで試みたことのない方向に飛び込む」(2)ことになった。ソシアル・コメディともいえる『エセルバータの手』(一八七六)が生まれ、その後『帰郷』(一八七八)『熱のない人』(一八八一)、『カスターブリッジの町長』(一八八六)といった代表作が書かれることになる。そして、一八八四年七月、マクミラン・マガジンに一二ヵ月の連載ものを約束したハーディは、あの脇においてあった「森に住む人々の物語」を取り上げる。一八八六年三月、ハーディは小説の題名として、『森林地の人々』と『ヒントックのフィッピアズ』の二つを挙げたが、マクミラン社は前者を選んだ。小説は一八八六年五月から一八八七年四月までマクミラン・マガジンに連載された。

こうした創作の経緯は、『森林地の人々』がもともと考えられていた構想に依るということから、ハーディの初期の題材と密接な関係を保ちながら、しかも円熟した後期に書かれたという興味深い問題を提供する。一八八五年、『カスターブリッジの町長』の推敲を終えたばかりのハーディが『森林地の人々』の構想を練っていたとき、彼の背後には、今日、私たちにとって重要な『緑樹の陰で』、『はるか群衆を離れて』、『帰郷』、『カスターブリッジの町長』といった小説が連なっているが、彼の前方には、当然のことながら、『テス』も『日陰者ジュード』もまだ姿を現していない。『森林地の人々』は初期の小説と同じ牧歌の世界にその萌芽を持ちながら、どのように後期のハーディ畢生の大作となる『テス』や『日陰者ジュード』と関わり合っているのだろうか。『森林地の人々』の面白さはその点にあり、この小説は作者の後期の大作へ向かう過渡期の特色を、あるいは、より鋭い問題意識への転換点を示していると言える。

『森林地の人々』と初期の小説との関係を考えるとき、登場人物やプロットにみられる類似点はあらためて指摘するまでもない。たとえばチャーモンド夫人には、『窮余の策』のミス・オールドクリフのイメジが重なっているし、特に、『森林地の人々』の前半における人物やプロットの設定は、『緑樹の陰で』と同じパタンとさえ言える。デイ父娘とメルベリー父娘は、父親の職業、社会的出自、娘たちの教育程度まで似通っている。特に二人の父親の類似は著しい。一介の猟番から身を起こし、今や猟番頭であり、材木商であり、お邸の土地管理人でもあるファンシーの父は村の出世頭であり、娘を教育して、あわよくば紳士階級との縁組を狙っている野心家である。グレイスの父も、村一番の材木商で、「森林地の外」の世界に送り出して高い教育を受けさせた娘をジャイルズ・ウィンターボーンごときにやるのは、「実に、実に残念至極なことだ」と慨嘆している。そして、娘が受けた教育にふさわしい相手、医師のエドレッド・フィッピアズと結ばれることをひそかに願っている。ファンシーが田園世界への侵入者であるメイボールド牧師と村の若者ディックとの間で揺れ動くように、グレイスは、他所者の医師フィッピアズと自作農ウィンターボーンの間で懊悩するといった具合だ。『森林地の人々』は、少なくとも出発点において『緑樹の陰で』に多くを負っていることは確かである。丁度ファンシーが分裂する田園社会を一身に具現するように(3)、グレイスの立場も「いわば、社会の二つの階級の中空に宙ぶらりんになっている」(4)ようなものだ。全体としてこの二つの小説は、牧歌とリアリズムとさらに喜劇の要素を併せ持つという点でも共通していると言えよう。

しかし、『森林地の人々』は『緑樹の陰で』に似た設定を出発点としながらも、そこから遠く離れ、そのあと生まれ出ようとする『テス』と『日陰者ジュード』の世界に今一歩の近さを示す点に注目しなくてはならない。特に後期のこれら三小説のヒロインたち、グレイス、テス、スーをみるとき、三人はそれぞれ社会の制度と戦い、傷つき斃れていったと言える。ここでは、ヒロイン、グレイスに焦点をあて、出発点においては、ファンシーの姉妹ともいえるナイーヴさを残したグレイスが、どのような覚醒を経て、テスやスーと同じように彼女の戦いを実践していくのかを考察したい。

メアリ・ジャコウバスは、『森林地の人々』執筆前後のハーディの沈鬱な心的状態を指摘しているが(5)、この小説の世界は冒頭から実に暗い。先に掲げたハーディの「もともとのプロットに戻った」という一文の直前には、「まるで鉛の雲に覆われたような、憂鬱な発作にとらえられている」(6)とあり、そして有名な次の箇所が続く。

一一月二一日、ひどい頭痛。

悲劇。それは、簡単に次のように表せるかもしれない―悲劇とは、ある個人の人生において、その個人が本来抱いている目的や願望を実現しようとする時、それらを致し方なく、破滅に終わらせてしまう状況を表す(7)。

このあとも憂鬱なムードは日記の行間に溢れているのだが、ハーディが、ここで悲劇の定義として与えている、個の内なる目的や欲望が止むなく他からの力によって阻まれていく状況というのは、初期の小説から追求していたテーマではあったが、特にこの時期のハーディの心を深く捉えていたのではないか。『森林地の人々』の主題はこの一節と深く関わり合っており、個の意志が他によって阻まれる状況が、ここでは執拗に追求されている。

この小説において自然が厳しい生存競争の場として描かれていることは多くの批評家が指摘している。この森林地帯では、森の木々は風に揺れながら「お互いの枝をこすり合い、傷つけ合っている」(四七)。

ここでは、どこでもそうだが、「不完全な宇宙意思」というもの—それが生のあるがままの姿だが—が街のスラムの堕落した大衆の間でみられるのと同じ様に、顕著に目につくのだった。葉はいびつな形になっていて、曲がり、先のほうは千切れていた。木にはりついた苔は幹の生気を吸い取り、葛はゆるやかにだが、伸びようとする若芽を締めつけ枯れさせようとしていた。(八三)

森の木々の伸びようとする力は、様々な影響によって阻まれ、その本来の「意志」が妨げられる。苔は木にはりついて幹の生気を吸いとり、葛は若芽にからみついて、その息の根を止めようとする。森を抜けて心地よく吹く微風も「幹にからみついた葛の葉一枚一枚の葉先を絶えまなくすぐ下の葉先にこすりつけていた」（二一六）。だから森の「枝という枝は互いにこすり合ったり、ぶつかり合ったりして、傷められ、形が変形していたのだ」（三三九）。森の木々や生物が止むなくこのような生存競争にさらされ、本来の生の意志が阻まれ、歪められているように、そこに棲みついた人々の目的や欲望も、様々な社会状況や因果関係の必然性によって妨害されている。

　木々が相互に傷つけ合い、互いに伸びる力を妨げ合っている森の姿は、そのまま、そこに住む人々の生活の姿でもある。チャーモンド夫人は、地主として君臨するヒントックの村で、村人の社会的、経済的支配の頂点に立つ。人々の生活は、彼女を中心に、互いに関係し合い、微妙に影響し合って、「クモの巣」のような相関関係に捉えられている。老サウスの死が、チャーモンド夫人の冷酷な意志を介してウィンターボーンの没落につながっていくとか、夫人がマーティの髪を手に入れることが様々な影響を与えていくという具合に。さらに、マーティはジャイルズを、ジャイルズはグレイスを、グレイスはフィツピアズを、フィツピアズはチャーモンド夫人を追いかけて、互いに思いが遂げられない。人々は無数の原因と結果の因果関係の網の目の中に捉えられて、本来の意志や欲望を阻害されている。このような森に住む人々の悲劇的な生の諸相こそ、ハーディが描きたかったものである。ハーディは日記にこう記している。「人類とは、触れられたクモの巣のように、一点が揺れると、あらゆる部分が震える一つの大きな網か薄絹のようなものとして考えられる」(8)。

しかし、『森林地の人々』で特に注目しなくてはならないことは、この小説でハーディは初めて、グレイスの意志と欲望を阻むものとして、結婚制度と、離婚制度を俎上に載せたことである。ブーメラは、一八八〇年、九〇年代の「新しい女」をめぐる論争や、輩出したニュー・ウーマン・ノヴェルが、『森林地の人々』、『テス』、『日陰者ジュード』に影響を与え、ハーディはこれら三小説で今までになくポレミカルに、大胆に結婚制度や性の問題を扱っていると述べている(9)。そうした観点からみると、この小説の面白さも重要性も主として物語の後半に見出すことができる。すなわち、グレイスが結婚してから後の物語にハーディの問題意識のより鮮明な展開を見ることができると言えよう。グレイスは二四章の終わり、丁度物語の真中で結婚するが、物語はジェイン・オースティンの小説のようにウェディング・ベルで幕が下りるのではなくて、グレイスは、そこから夫の裏切り、ジャイルズへの世間からは許されない恋情、離婚制度の不合理といった苦悩を体験することになるからだ。結婚するまでのグレイスが『緑樹の陰で』のファンシーの悩みを分かち持つとすれば、結婚後のグレイスは、テスやスーの分身へと変貌していく。グレイスは結婚制度や離婚制度に対してどのような戦いを挑むのであろうか。

まずフィッピアズとの結婚に至るグレイスの悩みとは何であろう。グレイスはファンシーと同様に、社会の二つの階級の真中に立つ。チャーモンド夫人とフィッピアズは共に森の生活を嫌悪し、森から出ていきたいと願うアウトサイダーである。それに対して、一本一本の苗木の根を広げて植えるとき、「魔法使いのように優しい手ざわりを持つ」（九四）ジャイルズも、そして木々を植え、育て、伐り、樹皮をはぐ仕事をなりわいとするマーティも、貧しくつましい暮らしに慣れた「森に住む人々」なのだ。チャーモンド夫人とフィッピアズが森の外からやって来たのに対して、ジャイルズとマーティには森が彼らの世界だ。こうした中で、森から出て高い教育を受けたがために、この両者の世界に属しているのが、グレイスである。デイヴィッド・ロッジが言うように、グレイスは二つの世界を結びつける「触媒」(10)の役割を果たしているのだ。外の教育を受けたグレイスには、もはや、かつてジャイルズと共有した自然への親近感はない。りんごの種類の見分けもつかなくなってしまったし、森の人々の生活に対する関心も薄れ、「良き、古き、ヒントックの風習からは遠ざかってしまった」（七四）。今やグレイスの興味の対象は、お邸のチャーモンド夫人であり、医師のフィッピアズであった。彼らを通して、洗練された、文化的で知的な世界に招じ入れられるかもしれないと彼女は期待に胸をふくらませる。だから、グレイスはジャイルズとフィッピアズの間で苦悩はするが、その内実は、ほとんど父の野心のままに流されていると言えよう。

物語の前半ではグレイスは、「自分の考えを述べる前に、他人の考えを待つという風だったし、また、おそらく、自分で行為をする前に他人の行動を待ってみるという風であった」（六九）。自分から先に立って意見を述べたり行動するというよりは他人を先に立てるいわばやや古風なタイプの女性として描写されている。だから、チャーモンド夫人からの招待がないのが、ジャイルズの家での粗野なクリスマス・パーティのせいだと思い込んだメルベリーが、自分に黙ってジャイルズに会うなと命じると、いとも従順にけっして会いませんと断言してしまう。そして、ジャイルズからの婚約破棄の手紙を父から渡されたグレイスは、あの人はあの落書きを見てくれたのかと思いながらも、「運命が、多分、こういう方向に事を進めるのかもしれない。とすれば、黙って従うほか仕方がないのだ」（一四〇）と自分に言い聞かせ、自分の感情をつきつめることもしない。「隣人のジャイルズごとき者共をお前の対等の相手と考えるな」（一九一）と父が言えば、あまり抵抗できないと思い、フィツピアズの祖先がかつて領主であったオークベリ・フィツピアズ村を訪ねてみたりする。シュークの一件で、フィツピアズに疑惑を抱き、一度は結婚をためらいながらも、簡単にフィツピアズの作り話を信じてしまい、結局、「恋でもなく、野心でもなく、なんとなく危なさを意識しながらも、一種の興奮状態の中で」（一九一）結婚へと流されていった。グレイスにとって、教養ある、知的な男の妻になることは、十分誇らしいことであり、グレイスは父の命令におとなしく従い、世間体を気にする単純な娘に過ぎなかった。

このように物語の前半では、グレイスの覚醒は起こらない。彼女は気まぐれなファンシーのように、少しばかり捉えどころがなく、フィツピアズの実体も知らないで、ひたすら彼の背後に、世間体や良い結婚といった幻想を追い求めているにすぎない。グレイスの苦悩と覚醒が始まるのは、新婚旅行から帰って、シャートン・アバスのホテルに着いた時からである。偶然の事件からフィツピアズとチャーモンド夫人が再会し、二人の間に過去の恋の炎が燃え上がる。もっと良い結婚をすべきだったのにというチャーモンド夫人の言葉は、粗野なメルベリー一家やその近隣の人々との交際を耐えがたい屈辱と思っていたフィツピアズの気持ちをますます夫人の方へと向けさせることになる。

気まぐれな性格で、しかも、情熱のはけ口を求めていたチャーモンド夫人に魅せられて、夫が日毎に密会に出かけていくのを冷めた気持ちで見送ったグレイスは、帰り道、「森の兄弟」(二三五)のようなジャイルズに出会う。この場面はフィツピアズとジャイルズのそれぞれの世界を見事に対比させている。二人の意味するものが、その行為と姿の中に具現されていると言えよう。

グレイスの中で、初めて価値の転倒が起こり始める。「夫の職業のために、上品にしていなくてはならない気持ちや、当世風の学校で彼女が身につけていた体裁という見せかけは投げ棄てられてしまい、彼女は今や昔のままの自然の本能をもった、素朴な田舎娘になった」(二三六)。村の娘シュークがカリカリと丈夫な歯でくるみを食べるのを目撃したグレイスは夫の嘘を知り夫の実体が次第に明らかになるのを悟る。そしてフィッピアズとの結婚が「恐ろしい間違い」（二三九）であり、「父の望み通り服従したことは、彼女にとっては堕落にすぎなかった」（二三九）ことを認めざるをえない。

初めて、グレイスの中で、「人生において、何が偉大なことであり、何がつまらないことであるか」（二四九）が判ってくる。今まで自分が価値をおき固執していたものがいかに無価値であるかが判るにつれて、ジャイルズの存在が新しい意味を持ってくるのだ。彼のみすぼらしい服装も粗野な態度も、もはや気にならなくなり、代わりに彼が「正直、善良さ、男らしさ、優しさ、献身」（二四九）といったものを一身に集めている存在として、あらためて目に映るようになる。物語の前半で、父の言うがままになっていたグレイスは、今度はチャーモンド夫人に頭を下げてフィッピアズを取り戻せと屈辱的な忠告をする父に対して、次のように言い放ち、昂然と父に抵抗する。

私を教育しようなどと夢にも考えてくれなければよかったのに。マーティのように森のなかで働いていたい！　私は上品なお体裁ぶった生活なんて大嫌いよ。（二五一）

苦しい体験を経て自分の力でジャイルズの価値を再確認したグレイスはもはや父の言いなりに

なったかつてのグレイスではない。

さらに、グレイスはチャーモンド夫人がフィッピアズに寄せる激しい情念のほとばしりを知る。夫人の告白を聞きながら、どうしようもなく人間を突き動かす情念の力の真実をグレイスはまざまざと夫人のなかに見る。だから、フィッピアズがメルベリーに馬から落とされ、ひどいけがをしたという知らせを受けて、蒼ざめて駆けつけたチャーモンド夫人とシュークを見たとき、それぞれの心の内を思いやって、「妻である皆さん、さあ一緒に入りましょう!」と呼びかける。心配のあまり口も利けずにベッドを取り囲む女たちを前にして、「グレイスの心に夜露のように優しさがひろがった」(二八八)。「世間体というものがなければ、この二人の仲間である女たちは妻である自分と同じ程度に彼と親しいのだと思うと、彼が危篤だとしても出てこないような涙が溢れだした」(二八九)。このチャーモンド夫人やシュークに対するグレイスの「妻たちよ」の呼びかけこそ、この小説における結婚制度への痛烈な一撃であると言えよう(11)。

ここでグレイスは制度上妻という身分を与えられている自分と、制度上では妻ではないが自分と同様に夫と深い関係にある二人の女たちの立場をあらためて問い直している。「自然」の立場からみて三人が同じであるとすれば、結婚という制度は何の意味を持つというのか。結婚制度が奨励する一夫一婦主義は現実には人間の欲望によって根底から崩され、かろうじて形骸を留めているにすぎないのではないか。グレイスの溢れ出る涙は、こうした社会の制度とは無関係な人間の本能や欲望への哀切な共感から出たものと言える。

このようにして、グレイスには生の実体とその真相がより一層明瞭に見えてくる。制度や法は人間の真実と何の関わりを持つかを考え、自分がフィッピアズの妻であろうとなかろうと、そんなことは問題ではなく、自分はジャイルズを愛していることを自覚する。

ここで結婚制度と離婚制度がグレイスの自由を阻むものとして彼女の前に立ちはだかることになる。メルベリーは娘をこの窮状から救い出し、幸福にするためには、フィッピアズと離婚させ、ジャイルズと結婚させるしかないと奔走し、ジャイルズとグレイスの気持ちをかき立てる。「新しい法律のもとでは、離婚は、結婚と同じくらい簡単なんだよ。もう議会の決議なんて無くてもいい。もう金持ちのための法律、貧乏人のための法律なんてないんですよ」（二九八―九）とメルベリーが友人のボーコックから魔法の杖のように教えられる「新しい法律」とは、一八五七年に議会を通過した「婚姻訴訟法」のことである。それ以前は、離婚の成立には議会の許可が必要であり、多額の費用を要したから、上流階級にしか離婚の可能性はなかったと言える。一八五七年のこの「婚姻訴訟法」によって、離婚が民事訴訟の一部となり、中産階級にも離婚への道が開けた。しかし、この法律は、言ってみれば、男と女に関するダブル・スタンダードを法的に明文化したも同然のものであった。夫の側は、ただ妻の姦通のみで離婚を請求できたのに対して、妻の側は、夫の姦通に加えて、虐待や、二年以上の同居拒否などの罪状が加わっていなければならなかったからである。この「婚姻訴訟法」の男女の条件の不平等が、グレイスの離婚を阻むのだ。結局のところ、「フィッピアズの行為は、グレイスに結婚の絆を断ち切らせるほどひどくなかったということだった。その条文が続くかぎり、彼女は彼の妻である運命」（三一七）なのだった。

離婚の不成立を知ってからのグレイスの行動は、父とこの不合理な法に対する、精一杯の、絶望的な抵抗であった。離婚が不可能とみたメルベリーは、グレイスにフィッピアズと再び暮らすことこそ、もっとも体面を保つことになるのだと説得する。夫を迎えるように努力せよという父の言葉を聞いて、グレイスは引き裂かれる。父の言う通り、体面を考えて顔を見るのも嫌な夫を迎えて再び妻として生きるか、それとも、自分の感情に忠実に行動するか。夫が帰ってきて、庭先にその声がしたとき、「戦慄がグレイスの身体を走り抜けた」（三二五）。彼女はどうしても夫と顔を合わせる気になれなかった。友人の所へ行くという書き置きを残して裏口から飛び出ると、グレイスはジャイルズの許へと助けを求めて、薄明の森の暗さと危険を気にも留めずに駆けて行った。人妻である自分が夫を見捨て、他の男の助けを求める状況は、グレイスにとってもはや問題とはならない。どうしてもフィッピアズに会いたくないという感情がグレイスを行動に駆り立てた。

グレイスはジャイルズが開け渡した小屋に何日間か住むことになるが、ここで彼女は、外界で荒れ狂う風雨のように、内面の危機を体験した。社会には自分を永遠にフィッピアズの妻とする法という制度が厳然と存在している。しかし彼女の内面では、ジャイルズへの恋が燃え上がる。窓越しにジャイルズへの思いを告白するグレイスの言葉には、身動きできない状態に追い詰められた者の痛切な響きがある。グレイスは「……でも私はあなた以外の人に誓いを立ててしまい、自由になれないのですから、こうしかできませんし、その誓いを守らなくてはなりませんの。あの人はあんなことをしたのですから、神様の前では、私、あんな人に縛られていません。でも、私、誓いを立ててしまったので、その責任は取らなくてはなりませんの」（三三四）とジャイルズに告白し、さらに「あー、ジャイルズ……どんなにあなたに自分の今いる小屋のなかに入って来てもらいたいことか……」（三三四）と続ける。グレイスを金縛りにするのは、結婚制度であり、体面という「女」をめぐる言説であった。グレイスの内で「他」と「自」、「制度」と「個」、あるいは、「意志」と「感情」、の葛藤が、ますます激しさを増す屋外の嵐の如く吹き荒れる。独り閉じこもる小屋の窓から、あたりを動き回る小さな生きものをみたとき、グレイスの心からは、「制度」に縛られることもなく、罪の意識も持たなくてよいこうした生物への羨望のつぶやきが洩れる。この、いってみれば「制度」と「個」の対立は、『テス』の中でハーディが一貫して問う問題である。テスに起こったことは、すなわち、純潔を失い、私生児を生んだことは、「もし無人島に一人でいるのだったら、この身の上に起こったことで果して辛い思いをしたであろうか？……この辛さは、ほとんど、彼女の因襲的なものの見方から生み出されたものであって、彼女の生まれつきの感情によるものではなかった」（『テス』一四章）と『テス』の語り手は主張している。

ついにグレイスはジャイルズに向かって叫ぶ。

「あなた入りたくないの？　濡れているんじゃない？　愛しい人、私のところへ来て頂戴！　世間の人が私たちのことを何て言おうとどう思おうともう気にしないわ」（三三七）（傍点筆者）

これはグレイスの中で、「感情」が「意志」を、「個の価値観」が「社会の制度」を打ち負かした瞬間と言えよう。この箇所をハーディがいかに重視していたかは、彼の繰り返された修正の跡に見出すことができる。他の箇所にもみられることだが、全体として、ハーディは物語の後半でジャイルズとグレイスの関係によりエロティックな色彩を強める修正をしているが、ここの箇所でも「私のところに来て！」が一八九六年につけ加えられ、さらに、一九一二年には、それが、「愛しい人、私のところに来て！」と修正されている点は興味深い(12)。グレイスが真実の感情を吐露するこの箇所にハーディが強い関心を寄せているのをみることができる。しかし、グレイスの覚醒は遅すぎて、死に瀕したジャイルズには届かない。

ジャイルズの死後、グレイスがフィッピアズに対して見せる態度も毅然とした威厳に満ちていると言えよう。ジャイルズとの関係を憶測するフィッピアズに対して、グレイスは疑惑を否定せず、「彼を背後の壁のように蒼ざめさせた」（三四八）ままにしておく。夫のことなどほとんど気にも留めないで、ジャイルズへの真情を告白する。さらに、父が体面のために、家に戻るように懇願するのに対して、グレイスは、女は「男にとってのただの隷属物」（三五二）ではないのだから、とてもあのような夫との生活を続けることはできないと抗議する。「男にとってのただの隷属物」でなく生きる意味を悟ったグレイスは、ジャイルズとの一線を越えていないという真実の関係をあえて自分から夫に告げて夫の懸念を晴らしてやることをしない。「休戦」（三五九）のしるしを見せることなど必要ないと思ったのだ。自分の感情に忠実に生きようとするグレイスの個の主張をここにも見出すことができる。男には何人もの愛人が許されながら、女が一人の愛人を持つことを何故咎められなければならないのか。結婚と離婚の制度の中で、男女がおかれているダブル・スタンダードの矛盾をグレイスは自ら知覚し、父やフィッピアズに抗議し、制度に果敢に立ち向かっていこうとする。

しかし、このような覚醒を経て、制度に勇敢にも立ち向かうグレイスも、物語の結末では、実に簡単に制度の網にからめとられてしまう。ティム・タングがフィッピアズへの仕返しのために仕掛けた人捕り罠のハプニングのためとはいえ、グレイスはいともあっけなく、フィッピアズの許に戻ってしまう。墓のなかのジャイルズへの変わらぬ愛を告げるグレイスではあるが、フィッピアズとの「神が結び合わせた」(三八〇)関係は彼女の心を縛り続ける。だから、グレイスが罠から安全であったことを知り、感激のあまり涙を流すフィッピアズに「愛しいエドレッド」と呼びかけたグレイスはたちまちフィッピアズの腕に抱かれてしまう。あの新しい目覚めを経験したグレイスはどこにいってしまったのか。このアンティ・クライマックスは、グレイスの中の様々な古さを露呈するものであろう。グレイスの中には依然として、聖式としての結婚制度の束縛、父への服従、世間体への異常なこだわりといった古さがあったからだ。制度と妥協したグレイスの未来は暗い。メルベリーは呟く。

「まあ、あの娘の亭主なんだから、そのつもりなら撚りを戻せばいいさ!……だが、これだけは覚えておいたほうがいいよ。今夜、あれが抱かれているように、来年同じようにされる女が、今このとき、どこかを歩いたり、笑ったりしているってことをだ。去年はフェリス・チャーモンドだったし、その前の年は、シューク・ダムソンだったようにな!……娘にとっては心もとない未来だ。一体どうなっていくことか!」(三八九—九〇)

グレイスには、不実で、移り気な夫との愛のない不毛な生活が待っている。この結末について、ハーディ自身が次のように述べている点に注目したい。劇場用に改変することに関連して、J・T・グレインへの答である。

あなたは多分お気付きになったと思いますが、この物語の結末―それは断言されているというよりも暗示されているのですが―はヒロインが移り気な夫と一緒に暮らして、不幸な生活を送るべく運命づけられているということです。私はこの点を小説の中で強調したかったのですが、できませんでした。何故なら巡回図書館の制約やその他のことがあったものですから。しかし、この小説が書かれて以来、文学において人間の真実を描くということは、以前ほど非難されることではなくなりました。ですからこの結末を強く打ち出すか、それとも曖昧にしておく方を好むかは、あなたにお任せします(13)。(傍点筆者)

ハーディは、もし様々な制約がなければ、グレイスの未来をもっと陰惨なものにしたかったと述べているのだ。ハーディは一八九〇年に書いた小論、「イギリス小説の率直さ」の中でも、イギリス小説が、グランディズムの制約のために、人間の真実とはほど遠いハッピーエンドで締めくくられていることに激しい怒りを表明していることは前述した。

ハーディにとってグレイスの未来をあまりに陰惨に強調することは、マクミラン・マガジンという超一流誌のグランディズムが許さなかったのである。形だけでも世間体からみたハッピーエンドを与え、グレイスの暗い未来をただ示唆するにとどめることしかできなかったと言えよう。

ところで、結婚制度や離婚制度や性道徳のダブル・スタンダードの矛盾に目覚めながらも、突如反動的に再び制度という因襲の中に戻っていき、希望のない未来を予測されているグレイスの姿は、なんと『日陰者ジュード』のスーに似ていることだろう。スーは顔に嫌悪の情を浮かべ、歯を食いしばって、フィロットソンの寝室に入っていく。グレイスもスーも、肉体としては生き続けても、その精神は死に等しい生活を送ることになるのだ。グレイスの戦いはスーに引き継がれ、内面の矛盾と葛藤はより一層熾烈な様相を見せることになった。

5章 「清純な女」テス　『ダーバヴィル家のテス』

副題「清純な女」の意味

『ダーバヴィル家のテス』の「トマス・ハーディによって誠実に描かれた清純な女」(1)という副題ほど出版以来論議の的となってきたものはない。ハーディはテスにこのラベルを貼ることによって、何を意図し、そして実際には何がこの小説で達成されたのであろうか。さらに、ハーディの意図と小説で達成されたことは、ヴィクトリア朝後期の「女」という制度や「女」をめぐる様々な言説の中でどのような意味をもつのであろうか。こうした観点から、現在も依然として問題とされている副題の「清純な女」を中心にその新しさと古さを併せもつ矛盾の意味について考察したい。

そもそも『テス』の未完成原稿は、一八八九年九月、ティロットソン社から出版を拒絶され、続いてマレイズ・マガジン、マクミランズ・マガジンからも出版を断られた。結局、雑誌にふさわしくないとされた箇所を取り除き、テスの赤ん坊の洗礼と埋葬を扱った場面（「深夜の洗礼―キリスト教に関する一研究」としてフォートナイトリー・レヴューに掲載「一八九一年五月」）と、テスがご猟場で純潔を失う場面（「アルカディアの土曜の夜」としてナショナル・オブザーヴァに掲載「一八九一年一一月」）を削除し、またエンジェルが水たまりのところで娘たちを運ぶとき、抱きかかえるのではなく、手押し車で運ぶことにしたり、アレックとテスの間に贋の結婚をさせるといった不本意な訂正をすることで、ようやくグラフィック誌に一八九一年七月から一二月にかけて連載された(2)。代表的な三出版社からのたて続けの拒絶という事実は既に小説家として名声を博していたハーディにとってはかなりな打撃であったことは想像に難くない。『伝記』にあるように「皮肉な笑みを浮かべて」にしろ、ハーディは削除、訂正をして、なんとか作品に陽の目を見させる必要があったと考えられる。そして、この不本意な削除、訂正を強いられたハーディの胸中に渦巻いていたのは、当時のイギリス文学を支配していたグランディズムへの怒りであり、そのためイギリス文学が陥っていた救いようのない、文学としての堕落への嘆きであった。このハーディの怒りが爆発したのが、前述したように一八九〇年一月のニュー・レヴューに発表された「イギリス小説の率直さ」と題する一文である。

さて『テス』は一八九一年一一月オズグッド社から三巻本として出版されたが、このときハーディは取り除いてあった二つのエピソードを元の場所に戻し、元の形に諸々の訂正を加えたのちに、その最終校正を読み終えたところで、冒頭の副題とシェイクスピアの『ヴェローナの二人の紳士』から採った「……あわれ傷つきし名よ！　わが胸は汝の褥とならん」をエピグラフとして付け加えた。一九一二年三月にハーディが付した序文に次のように述べていることはあまりにも有名である。

あれは最終校正を終えた最後の瞬間に付け加えたものである。ヒロインの特質について率直な心に残った評価―それは誰しも文句をつけることはないであろう評価―だと思ったからである。それはこの書の他の何よりも論議を呼ぶことになった。「書かざりしこそよかりき」である。しかしそれはそのまま残してある。

このようにして副題は文字通り論議を呼ぶことになった。「堕落した女」であり、「姦通した女」であり、さらに「殺人を犯し刑場の露と消えた女」に、なにゆえにハーディは批判を予想しながら、「清純な女」のラベルを貼って挑戦したのか、何をもってこのようなテスを「清純な女」

と呼ぶのか、当時の批評はこの語をめぐって喧々諤々の議論を展開した。非難の先頭に立ったモウブリ・モリスはクォータリー誌（一八九二年四月）で「……誘惑されること、姦通すること、殺人を犯すことが物事の大切なことだと誰もが考え感じていると言うのか、それらが自然の本質的な法則とでも言うのか」と攻撃し、「もっとも不愉快な物語がもっとも不愉快なやり方で語られている」この物語では、テスの官能的な特徴が「まるで馬商人が迷う買い手をそそのかして買わせようとするかのような執拗さで」(3)賑々しく並べ立てられていると非難した。書き手の意図に一顧だに払わない批評に心底腹を立てたハーディは一八九二年四月一五日付の日記に次のように書いている。

……クォータリー誌の『テス』の書評を読んだ。鋭く面白い記事だ。しかし、真実を語ることや真摯であることを棄てて鋭く面白いのはたやすいことである。作家が自分の小説の中に書き込んだもの、あるいは、読者が小説から読みとるものなど意識しないで小説を書いているということは、なんとも不思議なことだ。そういうことが続いていくのなら、私はもう小説を書くなどということはご免蒙りたい。わざわざ弾丸に撃たれるために立ち上がるなどというのは馬鹿者のすることにちがいないから(4)。

このように自分の意図が理解されないことに怒りをぶつけたハーディではあるが、「清純な女」の意味は、出版以来様々な解釈を生むことになったのもまた事実である。評者の勝手な解釈が罷り通るなかで、ハヴェロック・エリスはサヴォイ・マガジン（一八九六年一〇月）の「ジュード論」で、「清純さ」のもつ曖昧な意味について鋭い問題提起をしている。「清純さとは何か。この語は何を意味するかをはっきりさせないで、小説家がこの語を使うことはおかしい。……すくなくとも、この仰々しい言葉は私にとって何も意味しないし、ハーディ氏にとっても何らかの意味があるとは思えない」(5)と。この語の意味は、結局のところハーディの意図も不明瞭なままに、現代にいたるまで注目を集め、論じ続けられてきたと言えよう。今日においてもパトリシャ・インガムが喝破するように、この言葉を簡単に定義することはむつかしい(6)。ハーディ自身もこの言葉を処女性とか性に対する初々しさといった肉体的な意味に人間の意図とか意志といった精神的な意味を加えて複雑で多層なものとして解釈しているからである(7)。確かにハヴェロック・エリスが指摘するように、ハーディがこの語を曖昧に、あるいは多層な意味を付して使っていることは否定できないと思われる。

それでは、ハーディ自身がテスの「清純さ」についてどのような発言をしているのであろうか。レイモンド・ブラスウェイトとの対談で、テスの「清純さ」に触れてハーディは次のように述べている。

しかし私はやはり主張したいのですが、彼女の生来の清純さは、まさに最後の最後まで損なわれなかったと思います。もっとも最後のところではある種の外面的な清純さは失われたことは率直に言って認めたいとは思いますが(8)。

また一八九二年一月二〇日のエドワード・クロッド宛の手紙でも、小説の狙いについて次のように主張している。

貴方の手紙は『テス』についての素晴らしい批評に満ちています。貴方がおっしゃっていること、即ち、意図は不変であってそれが全てであること、そして過ぎ行く事件にすぎない行為は問題ではない、ということが、貴方が実にうまく言いえてくださったように、この小説の骨子の全てを含んでいますし、それがこの小説のモットーであると言えます。

さらにハーディは何故テスのような経験をした女を取り上げたかについて、フレデリック・ハリソンに宛てて、次のように書いている。

何故私があのような経験をした女を登場人物に選んで書いたかということですが、フィクションの中でそうした女が正当な扱いを一度も受けたことがないということが長年の間私の心にひっかかっていたからです。私はこれが一般的かどうかは知りませんが、この国ではテスのような間違いを犯した娘たちが、ほとんどといっていいほど、強い誘惑があるにもかかわらず、その後貞節な生活を送っているのです(9)。

こうしたハーディの発言を追っていくと、ハーディが「清純な女」という副題に託した意味は確かに複雑であり、精神的、道徳的な清らかさの意味合いがかなり強く含まれていることが判る。しかし、問題はそれほど単純ではない。何故なら一八九二年七月の日付をもつ「第五版への序文」で、ハーディはわざわざこの語を取り上げ、「この語の自然における意味」が批評家たちによって無視されていると抗議しているからである。ここでハーディはテスの清純さを彼女のモラル・ヴァリューと「自然」における意味との両面から考えてもらいたいとし、批評家はそれをしていないと憤りを表明しているのだ。たしかにモウブリ・モリスに代表される批評家たちはひたすらテスの道徳的な堕落のみを問題とし、彼女の内面の精神的高潔さを考慮することさえしなかった。ましてやその「清純さの自然における意味」など考えもおよばなかったのである。ハーディがあえて抗議した「清純さの自然における意味」とは何を表しているのであろうか。

否、ハーディの意味したこと自体がインガムも指摘しているように、けっして明白ではない。とすれば、すくなくともハーディが敢えて副題を付したときにこめていたものは何であったのだろうか。

ハーディには『テス』によって、「誰もが考え、感じていながら、誰も言おうとしない」(10)真実を敢えて言うのだという並々ならぬ気負いがあった。さらに興味深いことには、J・T・レアドは一八九一年七月四日から一二月二六日まで連載されたシドニー・メイル誌版では、初版の序文の二段落目と殆ど同じ内容が最終章の冒頭にあったことを指摘している(11)。これは初版の体裁を整えるときに取り除かれ、その趣旨が序文のなかに移されたのであるが、シドニー・メイル版が教えることは、最終章まで書き進めてきたハーディがその最終章の冒頭であらためて強調したかったことが、「いかに真実を語ることが困難であろうとも、作家は真実を語らねばならない……」ということであり、それが序文中の聖ジェロームの言葉「たとえ真理を語ることで非難が生まれようとも、真理が隠されているより、非難が生まれた方がましだ」に結実されたのである。このようにハーディが固執したハーディの言う真実を読み取らないで『テス』を論じることはできない。一八九一年一二月三一日のH・W・マッシンガムに宛てた手紙でハーディは「もしもイギリスがとにもかくにもフィクションと呼べる一派を形成しようとするならば、イギリスのフィクションに見られる人形は粉砕されなければならないのだ」と書いているが、「イギリス小説の人形」

に取って代わって差し出されたのが、誠実に描かれた「清純な女」の真実であったと言えよう。その真実とは何であろうか。

「自然」という基準

ハーディが誠実に描いた「清純な女」テスの真実とは何か。ハーディはテスの生の意味をどう捉えたのであろうか。まずこの小説の題名について考えてみたい。『テス』は一八八八年の秋から書き始められたと考えられているが、当初から登場人物の名前や作品の題名が何度か変えられたことは知られており、テスという名はラヴ、シス、スー、ローズマリと変化した。題名も一八八九年七月一一日のティロットソン社宛の手紙では、この物語にもっとも相応しい題は『スーの肉体と精神』であろうと述べ、ついで同年の八月四日までに、『遅すぎたわ、愛しい人』に変えている。そして多分翌年に採り上げられたのが『ダーバヴィル家の娘』であり、おそらく一八九一年一月から三月の間に現在の『ダーバヴィル家のテス』に決められたとされている(12)。

この経緯から理解できることは、ハーディの関心の在りかである。ハーディはミルゲイトも指摘するように、これらの初期の題名があまりにも中心となる関心を直接的に表現しているので、それらを避けて、極めてニュートラルな『ダーバヴィル家のテス』にしたと考えられる。とすると、ティロットソン社に差し出した『スーの肉体と精神』とその後の『遅すぎたわ、愛しい人』はハーディの関心の在りかをよく示していると言えよう。特に『スーの肉体と精神』はハーディがスー（テス）の肉体と精神をまるごと描こうとする意図を表していて興味深い。これは『日蔭者ジュード』で肉と霊の壮絶な戦いとして展開されていくハーディの根本的な主題である。『スーの肉体と精神』とハーディが言うとき、そこには人間の肉体と精神のありよう、その葛藤の中にこそ生の真実があるというハーディの関心を物語っている。

J・T・レアドによれば、そもそも『テス』は「自然」対「社会」の価値基準の対比を問うというハーディの関心を萌芽とする物語であった。レアドは『「ダーバヴィル家のテス」の成立過程』でハーディの自筆原稿を詳細に検討し、丁付けや登場人物の名前などを手掛かりとして、小説生成の過程に年代順に五層を探り出し、その一、二層が『テス』の原テクストに相当すると推定している(13)。そしてこの原テクストでは、物語は平凡な一少女の処女喪失を扱う比較的単純なものであり、そこで強調されているのは自然対社会の価値基準の相違であり、特に自然に基準をおく主張だとしている(14)。言ってみれば『テス』の基準としての「自然」という比較的単純な言説は、層を重ねるにしたがって、「農業」、「機械」、「宗教」、「遺伝」、「宇宙」といった主題を取り込むことで、一九世紀後半の社会的、経済的、宗教的、思想的、科学的言説と密接に関わった小説に変貌していった。

『テス』の原テクストの萌芽が「自然」対「社会」の価値基準を問い、「自然」の価値基準を根底とする価値観を打ち出すことにあったことは、レアドの指摘するところであるが、この「自然」を基準とする価値観こそハーディが繰り返し主張したものである。この価値観とは、言ってみれば、人間を把握するとき、その「自然」的存在、生理学的存在を根底に据えることである。人間とは何よりもまず「肉体をもつ有機的な生物」という存在、自然に基盤をおいた存在、あるいは生物としての存在であるという認識からハーディは人間を捉えようとしていると考えられる。当然のことながら、ハーディのこうした考えは『テス』に始まったことではない。つとに『窮余の策』にその萌芽がみられることは前述したとおりである。

『青い眼』も一般に考えられている以上に『テス』に類似した箇所を持っている。ハーディ自身が一九一二年の序文で『青い眼』の主題は「のちの小説でより発展して扱われている」と述べている。『テス』と『青い眼』の類似点はエルフリードとナイト、テスとエンジェルという二組の関係や、ナイトとエンジェルの性格の共通点などに顕著であるが、ここでは「過去」という言葉をめぐって類似点を指摘しておきたい。

エルフリードは最初の恋人スティーヴン・スミスと接吻の経験という「過去」を持つが、このことが女性は無垢であるべきだという時代の因習的性道徳のダブル・スタンダードに縛られるナイトにはどうしても赦すことができない。ところがエルフリードにとって大切なのは名無しの崖で命を賭けてナイトを死の淵から救い出したとき実感した、全身全霊を圧倒した、彼に対する現在の愛であり、彼女にとってはスティーヴンとの事件は「過去」のことであった。テスにとってもアレックとの「過去」は消え去るべきもので、現在のテスとは関係の無いものであった。テスは言う。「過去は過去であり、たとえ何があったにせよ、それはもう過ぎ去ったことなのだ」(15)。エルフリードにとってもテスにとっても大切なのは彼らが感じている現在の生の実感であって、言ってみれば、実存的ともいえるその生の実感の中にこそ、生命体としての人間存在の基盤があるということであろう。

こうして『テス』においては「社会」に対して「自然」が、「他」に対して「自」の価値基準が問われることになる。「あの乳絞りは、なんとみずみずしく初々しい自然の娘なんだろう!」(一三二)とエンジェルはテスを見つめてため息を洩らす。自然から生まれたままの無垢な存在を象徴するかのように、テスは物語の冒頭で白いドレスをまとい、右手には柳の小枝を、左手には白い花束を持って登場する。彼女が無垢のシンボルとして白で表されていることは、トニー・タナーの鋭い分析にも明らかである(16)。テスは自然が生んだ娘として、あるいは自然そのものとして、自然の一部として強調される。テスは自然の風景の一部として、あるいは自然の他の生物の同類としてなんと度々描かれることであろう。テスの「清純さ」とはまずこうした「自然の娘」としての存在におのずから内在する資質と考えられるべきであろう。

自然界のあらゆる生物と同じ一つの有機体である人間―このことをハーディは『テス』の至る所で主張するのであるが―にとって生物としてもっとも自然なことは、「生きていること」そしてその生命維持、種族維持の営みであろう。そうであるならば、人間が性に関して無関係に生きられるはずがない。否、性は「生理学上の一つの事実」として人間の生の根底に据えられるべきものとなる。「誰もが考え、感じていながら、誰も言おうとしない」こととはハーディにとって性こそ人間存在の根幹を貫くという問題意識であったと言えよう。だから自然の娘であり、生命体として当然の性の意識を備えたテスがアレックの差し出す苺を「なかば喜び、なかば嫌がる様子」(五九)の反応を示しながら食べるのはしごく当然のことであり、その態度が「清純」ではないなどという批判がいかに的外れなものであるかが理解されよう。そしてご猟場の事件の真相もまた'rape'でもあり'seduction'でもあるという曖昧模糊としたものというのがその実体であろうし、どちらともいえないのが真実であり、本当のところはたちこめる濃い霧の中でさだかには見極め難いとハーディは言いたいのではないか。

小説を通して語り手は徹頭徹尾、自然の側に立ってテスを擁護している。アレックとの過去は社会通念としての結婚制度からみれば、救いがたい汚点かもしれないけれど、「彼女の生来の感覚」(一〇六)にとってみれば一種の「高等普通教育」(一一三)でしかないと。そして現在生きているテスにとって大切なことは生命体としての彼女の内部からふつふつと沸き上がる目ざましい回復力なのだと。語り手は処女性について次のように論じる。

一度失われたものは永遠に失われるということは、処女性についても真実なのだろうか。自然界の生きとし生けるものにあまねくゆきわたっているあの回復力が処女性にだけ否定されているとはどうしても思えなかった。（一一三）

こうした回復力を身体中に体験する若いテスの体内にまるで「小枝に満ちてくる樹液のように」（一一四）満ち溢れてくるのは、「歓喜を求める打ち勝ちがたい欲望」（一一四）であった。「まだ二〇歳になったばかりの精神も感情も成長の最中にある娘にとって、いかなる事件も時と共に変質してしまわない跡かたなど残すことは不可能であった」（一一八）のだ。

テスとエンジェルが互いに惹かれ合う力を「引力」（一五八）と形容し、その力は「頑として抵抗しがたい人間の性向」からくるものだと語り手は強調する。人間の性の歓喜への欲望は人間を「あたかも潮がよるべのない海草をなびかせるように、思いのままにあやつる強大な力」（一九二）であって、世の中で唱えられるお題目など意にも解さぬものだと。昼寝から目覚めて、エンジェルを認め、「蛇のそれのような真っ赤な口の中」（一七三）を見せて、あくびをするテス、「二度目の眠りから目覚めたイヴがアダムを眺めたように」（一七四）エンジェルを見やるテス、ここには「自然」からみた「性」のおのずからなる発露が見られると言えよう。

このように語り手はテス擁護を通して、「自然」対「社会」の価値基準を問いなおし、エンジェルを筆頭とする社会の価値基準を糾弾する。社会の制度を代弁するものとして、結局はテスを破滅に追い込む元凶となるエンジェルの性道徳のダブル・スタンダードが厳しく問われることになる。テスがアレックとの過去を告白したとき、エンジェルは「ことの本質はすっかり変わってしまった」(二二四)と嘆き、「今のきみはまったく別の人だ」(二二五)と「地獄の笑い声のような不自然なぞっとするような声をあげた」(二二五)。テスがエンジェルの理想とする純潔な女でないと判ったとき、エンジェルにとってテスは「堕落した女」でしかない。エンジェルの頭には天使か娼婦かの二つのタイプの女しかなかったのである。エンジェルのよって立つ社会の「制度」の価値基準はテスの内面の真実とはなんの関係もなく、テスを裁き、「堕落した女」として社会から放逐する。

エンジェルのこの考えを強固に支持しているのは、低教会派の福音主義者であるクレア牧師夫妻であり、私有財産を守るために女の純潔を必要とする中産階級のモラルであった。エンジェルの妻は「純潔で気高い女」(二六八)がよいとクレア牧師は主張する。こうして中産階級の性道徳がみせる、極めて身勝手な男のダブル・スタンダードがエンジェルにテスを棄てさせ、テスを絶望のどん底に落とす。

さらにテスを追い詰めるのはアレックの圧倒的な経済力である。特に路頭に投げ出された一家に雨露をしのぐ家を与えてくれるのはアレックしかいなかった。途方に暮れる母や幼い弟妹をみてテスにできることはアレックの援助を得ることしかなかった。かつてアレックによって欲望の対象として「所有され」、「支配され」たテスは路頭に迷う家族のために再びアレックの「所有物」となるしかなかった。

エンジェルによるテスの弾劾、アレックによるテスの支配、そしてテスを追い詰める経済的、社会的、宗教的、諸々の力に対して、語り手は悪いのは、断罪されるべきは、テスではなく、テスの外にあるものだと力説する。そしてテスの殺人に至る経緯さえも弁護しようとする。ハーディは『テス』執筆中にノートに次のように急いで書き留めている。

結婚した女に愛人がいて、夫を殺すとしたら、その女は夫を本当に殺したいと思ったのではない。言ってみれば、女はそういう状況を殺したかったのだ(17)。

殺人という事件が問題なのではなくて、置かれた状況を抹殺したかったのだという論理は、まさにテスにあてはまると言えよう。エンジェルは殺人を犯す前後のテスを次のように捉えている。

彼は後になって、はっきりと思いだすのだ。ぼんやりと一つのことを意識していたことを。以前の本来のテスが、今は精神的に目の前にある肉体を自分のものだと認めなくなってしまっていること―まるで流れに浮かび流される屍体のように、生の意志とは断ち切られた方向へ漂うにまかせていた。(三五六)

状況を抹殺したいところまで追い詰められ、まるで「流される屍体のように」漂っていくテスには殺人という意識もなく、したがって殺人の罪もないと語り手は言いたいかのようである。こうして生命体としてのテスの「自然」の論理に立つかぎり、彼女は「清純」であり、彼女を刑場に追いやった「社会」の方にこそ非があるのだと語り手はテスを「清純」と呼ぶことで、逆説的に「社会」への批判を主張したのである。「自然」の論理からみれば、どこも悪くない、生命力に溢れた、みずみずしく、美しい娘、こんな娘が何故に刑場の露と消えなければならなかったのか、テスを死に追いやったのは「社会」ではないのか、ハーディの狙いは冒頭の副題に凝縮されたのである。しかし、このようなハーディが投げつけた批判はヴィクトリア朝後期の時代にあって、いかにラディカルな意味をもっていたかは想像に難くないし、それゆえにこそ、ハーディのこのメッセージは当初小説の出版さえをも困難とし、出版されたときは、激しい世間の非難を浴びたのである。

矛盾するテス像

しかし、ここで考えてみなければならないことは、あえてポレミカルな、ラディカルな副題を付して世に提示された『テス』はハーディの意図を十分に達成しているのであろうかという点である。語り手はテスを擁護しながら、皮肉なことに、「誠実に」描くことで、語り手の「眼差し」を意識的にしろ、無意識的にしろ、テスに投げかけてはいないだろうか。「自然」の存在としてのテスを擁護しようとするこの新しく、ラディカルな問題提起、性道徳のダブル・スタンダードやテスが所有物として扱われることへの憤りといった、いわば時代の「女」という制度への鋭い切り込みが、ハーディ自身「人の想像力でさえも無知蒙昧な状況の奴隷である」(18)と嘆いたように、「女」という制度や「女」をめぐる言説に微妙に浸透されてはいないだろうか。その結果「清純な」テスは矛盾を露呈し、曖昧なものとなったのではないか。以下問題となる幾つかの点について論及したい。

まず第一は語り手がテスを擁護しながら、テスを断罪しているという矛盾である。ご猟場でテスが純潔を失う場面で終わる「局面一」は次のような語り手の断定の言葉で締めくくられる。

そして測ることのできないほどの深い社会の裂け目がトラントリッジで運命を試そうとして、親の許を離れたあの時の彼女と、これからのわがヒロインを隔てることになるのであった。（八九）

処女を失い、未婚の母になることなど、自然の側からみれば、一つの教育の場に過ぎないとテスを擁護する語り手が、他方では「測ることのできないほどの深い社会の裂け目」をその事実に付そうとする。語り手によればこの事実によって、テスの人生観はまったく変わってしまい、「家にいた時の素朴な娘とはまったく別人」（九二）になったという。アレックの許から逃げだしたテスは村人と共に野良で働く。そのテスは「以前と同じの、いや同じではない」（一〇四）娘と断定され、「かくしてテスは一足飛びに、素朴な娘から、複雑な女へと変わった」（一一二）のである。

エンジェルはブラジルで熱病にかかり友人に諭されて、テスの真価を再発見するのであるが、語り手は三九章の終わりでエンジェルの覚醒を次のように分析する。

彼はテスのありもしない姿を考えて、ありのままの姿を見落としていた。そして、欠陥をもつ方が完璧なものに勝ることだってありうることを、忘れていた。（二五六）

語り手はここでもテスをあくまで欠陥のあるもののなかに押し込めようとし、完璧なものと欠陥のあるものという二項対立のカテゴリーの中でテスを見ている。こうしたエンジェルにも、またエンジェルの覚醒をこのように描く語り手にも真の覚醒があるとは思えない。テスの過去はともかくも「汚されていないとは言えない過去」(三二四)なので、語り手の断定、即ち決めつけは所々で語り手自身の内にある根強い、テスの過去を裁くという時代の言説をみせることになる。その結果テスを擁護しながら、テスを断罪するという語り手の微妙なアンビヴァレンス、矛盾が生じるし、読者はその矛盾を合わせて受け入れることを余儀なくさせられている。

さらにキャサリン・ブレイクも述べているように、語り手は時に「女というものは」と「女」をめぐる言説を臆面もなく口にする(19)。これは他の小説でも論じてきたとおりだが、たとえば『テス』には次のようなくだりがある。

真実を述べさせてもらえば—概して女というものは、実際様々な屈辱にも耐えるものだ。それらに耐えて生きる力を取り戻し、そして再び興味溢れる目でまわりを見回すものなのである。(一一九)

テスの生命力を讃えようとする語り手の真意は明白であるとしても、語り手は「真実を述べさせてもらえば」とか、「概して女というものは」といった言葉を用いることを気に留めているようには思えない。

第二に注目すべき点は語り手によるテスの性格の高潔化である。レアドはマニュスクリプトの「三層から五層にかけて、作者はテスの性格を洗練し、高潔にし、理想化している」[20]と述べている。テスの一連の事件を、その意図と実際の行為に分け、意図と行為を切り離すことで、意図の潔白を強調する。レアドは特に三層から犠牲者としてのテスが打ち出され、テスを取り巻くあらゆる状況がテスを追い詰めていく様に注意を向けている。テスは犠牲者として一連の行為に駆り立てられ、罪を犯すに至ったのであって、責任はテスの側にはなく、テスを追い詰めたものにあると語り手は繰り返し、テスの意図の潔白を主張する。

ブラジルにおけるエンジェルの覚醒もテスの意図と行為を切り離して考えるという同じ論理である。

道徳的な男とは何か。もっとはっきり言って道徳的な女とは何か。ある人格の美しさとか醜さは、その成した行為にあるのではなくて、その意図と狙いにある。その真の意味するところは、なし遂げられた事柄のなかにあるのではなく、意図された事柄のなかにあるのだ。(三二一)

こうして行為から切り離されたテスの意図は汚れのない、「清純」なものとされる。テスの「犯した罪は何であれ、それは意図して犯した罪ではない。不注意で犯したものなのだ」(三三六)から。

このようなテスの意図の浄化はアレックを殺したテスの描写を微妙に変えている。原テクストでエンジェルにアレック殺害を「勝ち誇った微笑」を浮かべ、「うまくやったわ」と告げるテスは後層では「痛ましい青ざめた微笑」と「やってしまったの—どんな風にかわからないわ」に変えられている(21)。さらにレアドはマニュスクリプト改変の跡から、テスの官能的で性的に大胆な要素が幾分削がれて、テスが控え目でおしとやかな女性に変貌させられているとも指摘している。テスの意図の「清純さ」を強調しようとすれば、テスの性的な大胆さは「清純さ」とそぐわないものとなるからと言えよう。

ハーディが「清純な」という語に精神的解釈と「自然」における意味という多層の意味を付しているし、その語の意味するところはかならずしも明確ではないことは先に触れた。語り手がこのようにテスの倫理的、道徳的「清純さ」が問題なのだとテスの「意図」に強調点を移し、その精神の「清純さ」を打ち出すとき、ハーディの本来のラディカルなメッセージがずれてくるのではなかろうか。言ってみれば、前述したように、「自然」に基盤をおいた、「自然」を「清純」と見る、テスの生命体の自然の論理に基づいた、斬新なメッセージは、いつのまにか、倫理的、道徳的「清純さ」という古臭い言説に幾分すりかえられたのではなかろうか。このため、テス像は新しくも古い、曖昧なものとなって提示されることになった。

第三に指摘したい点は、テス自身が問いかけ、発信する斬新でラディカルなメッセージにもかかわらず、彼女自身が、中産階級のもつ結婚制度の言説を知らず知らず自分の内面に抱えもつという矛盾である。テスとエンジェルの関係のなかにいかに説教壇からの結婚のメッセージが組み込まれているかをみよう。

まず注意しておかなくてはいけないことは、テス自身がけっして結婚だけをどんな場合でも望むといった母親のジョーンとは違った新しい女であることだ。アレックの許から突如家に帰ったテスが結婚のためではないのをみて、ジョーンは言う。「お前でなければ、誰だって女ならそうしたものだと思うよ、それまでになったんならね」と。それに対してテスは「多分、私以外の女なら誰でもそうでしょうね」と答える。「彼女にとって彼は塵も同然であって自分の名誉のためにも、彼と結婚することなど彼女は思ってもみなかった」(九八)のである。テスにとって問題なのは「今まで彼のことを一度も心から好きになったことはなかった」ことであった。このように「私以外の女」とは違う女でありながら、テスのエンジェルに対する態度はどうであろうか。エンジェルはテスの悲劇の最大の原因として、すなわち、社会通念や道徳を批判しながら、ひとたびテスの過去を知ると、結婚制度の因習の奴隷と成り果てる中産階級の典型として、この小説でもっとも痛烈に非難されている。エンジェルはテスのなかに自分の理想とする「女」を勝手に見ているにすぎない。だからこそそれは時には純潔で無垢な田舎娘となったり時にはアルテミスやデメテルといった女神になったりするのだ。エンジェルに代表される中産階級にとって理想の妻は純潔であるべきだということは階級の存続に関わる重大事であったから。

こうしたエンジェルに対してテスは「貴方とまったく同じ過去なのだから、自分の過去も許して欲しい」と懇願し、自分だけが不当に扱われることはないと信じている。しかし、テスの方もエンジェルの非難の前に自らを「罪の存在」（二〇一）として意識し、「理由もなく様々な道徳的亡霊に苦しめられた」（二〇一）。テスはエンジェルを恋する娘たちのなかで、「ふさわしいかどうかという点から言えば、（過去をもつ自分が）誰よりもはるかに劣っている」（一五五）と自らを断罪する。また村にとってふさわしくない者としてテス一家が排除されようとするとき、テスは自分が「まともな女ではないんだ」（三三四）と思う。そしてストーンヘンジにたどり着いたテスとエンジェルの最後のひととき、テスがエンジェルに懇願するのは「気立てのいい、素直で、清純な」（三六九）ライザ＝ルーのことであった。テスは妹のことをこう言ってエンジェルに勧める。「あの娘は私の悪いところはもたないで、いいところはすべてもっているのです」（三六九）。テスが言う悪いところとはアレックとの過去にほかならない。いつの間にかテス自身こうして自ら、エンジェルの中産階級の価値観を取り込んでしまっている。

テスのエンジェルへの態度は何を物語っているのだろうか。

クレアに対する彼女の愛にはこの世の愛といった様子は少しもなかった。崇高なまでに信頼する彼女にとって彼は善なるもののすべてであった―師であり哲人であり友でもある者が心得るべきことは、すべて心得ていた。彼の姿はどの形や線をとってみても男の美しさの極みであり、彼の魂は聖者のもの、その知性は予言者のそれであると彼女は思った。(一九三)

テスにとってエンジェルは神に等しい崇拝の対象であり、「彼の彼女に与えた影響はあまりにも大きく、彼の物腰や習慣、話し方や言葉遣い、好き嫌いなどに、彼女はいつの間にか染まって」(二〇三)しまうほどであった。

こうしたテスはエンジェルの「奴隷になってもいい」(二二六)と思い、自分自身がエンジェルの「もっとも強力な弁護者」(二四六)とさえなったのである。職を求めて、メアリアンを頼りに旅をするテスは、猟師に撃たれ、血に染まって地面に落ちてくる雉に涙を流し、鳥の頸を締めてやるのだが、そのとき自分の苦しみなど「自然にはなんの根拠ももたない気まぐれな社会の掟によるだけ」(二六八)と悟る。そして痛切に自分がそうした世間の意見など無視して頭を高く上げて生きてゆきたいと思うのだが、「しかし、クレアがそう思っているかぎり、(クレアが世間と同じ意見をもっているかぎり）彼女はそれを軽蔑することはできなかった」（二六八）のである。テスにとってエンジェルは「神のよう」（一八四）であり、彼女はまるで「主に従うごとく己の夫に従った」（エペソ書五―二二）のである。テスとエンジェルの関係はまさにこうした夫が妻を愛し慈しみ、妻が主に対するごとく夫に従うという説教壇からのメッセージに支配されたものであった。エンジェルのテスへの態度はどんなものであろうか。「彼の態度は―そうでない男がいるだろうか？―どんな条件や変化や非難や暴露の仕打ちにあっても彼女を愛し、慈しみ、守るのが男の態度というものであった」（一八四）のだ。どんな時にも彼女を愛し、慈しむ―ここには『祈禱書』の結婚式の宣誓の言葉「……主の聖なる定めに従い、……病める時も健やかなる時も、死がわれらを分かつまで汝を愛し、慈しむことを誓う……」のエコーを読み取ることができよう。そしてそのエコーはテスにも十分に理解されていたからこそ苦境にあるテスを訪ねてきたアレックが「あんたは黙っているけれど、困っていることは判るんだよ―あんたを慈しむべき人から見捨てられているんだから」（三一四）と言った時、日頃おとなしいテスは激怒し、ついに膝の上にあった革手袋を彼の顔めがけて激しく投げつけたのだ。アレックの言葉はテスのなかに「妻を愛し、慈しむ」夫という彼女の理想とした夫像を呼び起こしたと言えよう。それがあったからこそ、彼女が過剰なまでの反応を示した意味が理解できるのではなかろうか（傍点筆者）。こうして語り手はテスとエンジェルの結婚の考え方に宗教に基づいた結婚制度の言説を照射する。その結果テスが疑いもなく与えられた役を演じるとき、ハーディがテスに託したラディカルな「自然」における「清純さ」の意味は先鋭さを失ってしまったと言えよう。テス自身が示すこの自己矛盾、自己撞着はテスを新しくも古い女としてしまうのだ。

このようにみてくると、小説家ハーディがヴィクトリア時代の「女」という制度と「女」をめぐる言説に大胆な挑戦を試みながらも、語り手の視線や断罪を示すことによって、またテス自身が抱え込む矛盾を露呈することによって彼自身がいかに時代の言説に引きずられていたかという構図がみえてくる。『テス』はハーディの書きたいものと時代の言説が微妙に交錯する小説であり、その結果「清純な女」テスはその新しさと古さを内に抱え込んだ矛盾に満ちた女となったのである。

6章

「不可解な女」スー 『日陰者ジュード』

「儀文は殺す」の意味

『日陰者ジュード』の主題を考えるとき、初版の巻頭に付されたエピグラフの'The letter killeth'が表す意味は非常に重要である。パトリシャ・インガムはこのエピグラフが作品のタイトルとしても『日陰者ジュード』よりも、よりふさわしいものと言えるとして、エピグラフの意味がヴィクトリア時代の三つの重大な主題、すなわち大学教育と学問、女性の解放運動、そして批判をうけながらも依然として支配的な力を持ち続けていたキリスト教に密接に関係して用いられているると指摘している(1)。『テス』に付されて論議を呼んだ副題「清純な女」と同様に、『日陰者ジュード』のエピグラフも作品理解の鍵となっていると考えられる。

「儀文は殺す」とは新約コリント後書三章六節より採られたもので、聖書での「儀文は殺す」の意味は、墨によって書かれた文字、石に彫りつけられた文字、精神を失った形式的な文字は人を殺すということで、このあとに「霊は活かす」と続く。しかし、インガム(2)もW・ゴーツ(3)もハーディが「儀文は殺す」という前半のみをエピグラフにしていることに注目していて、後半の「霊は活かす」という点に関しては、小説は明白なことは何も述べていないとしている。たしかにハーディの狙いは「儀文は殺す」のところに集約されていて、そこにまず小説の骨子があると言えよう。

それではこの小説において「儀文は殺す」という「儀文」とは何を意味し、登場人物たち、特にジュードとスーはその「儀文」に対してどのような関わりを持つのであろうか。より端的に言えば、ジュードとスーは「儀文」に対してどのような戦いを挑むのであろうか。

R・L・パーディによれば、この小説の連載ものの一回目には「愚か者たち」という題がつけられていた。それがチャールズ・リードの『愚か者』と似ているという理由から、二回目分からもともと考えられていた「反乱する人々」に変更された。さらにハーディは「反逆者たち」に変えてほしいと出版社に書いてきたが、既に変更するには遅すぎたという(4)。「愚か者たち」、「反乱する人々」、「反逆者たち」のいずれにしろ、タイトルは「儀文」に反抗し、傷つき、倒れた人々を意味しており、この小説はその主要な「反逆する」「愚かな子供たち」[5]のようなジュードとスーの反逆の物語であると言えよう。

『日陰者ジュード』という小説の萌芽については、ハーディの日記の一節がよく知られている。ハーディは一八八八年四月二八日の日記にこう記している。「(オックスフォードに進学できなかった)一人の青年についての短編―その苦闘と挫折。そして自殺。(これが大体『日陰者ジュード』の芽とも言えるのだが)この事の中には、世の中の人々が知らなくてはならない大切なものがあり、私がそれを知らせることのできる人間だと思う」と。

しかし『日陰者ジュード』の主題はこの青年の話が芽になったとはいえ、それほど単純なものではない。J・パターソンの「『日陰者ジュード』の起源」[6]や、インガムの「『日陰者ジュード』の生成」[7]はマニュスクリプトの分析などを通して、初期の段階からこの物語の主題がけっして単純なものではないことを明らかにしている。パターソンは『日陰者ジュード』は最初はジュードとスーの恋愛と結婚の物語であり、マニュスクリプトの段階ではフィロットソンは第一章から現れてはいないと言う。ジュードのクライストミンスター(オックスフォード)への関心はそこに住み自分もその後を追って勉強したいと願うフィロットソンにあったのではなくて、独りそこで生活するスーに関係していたと興味深い指摘をしている。インガムも結論づけているように、『日陰者ジュード』の生成はけっして直線的なものではなくて、男と女の関係や結婚制度、学問や大学教育、そして宗教といった制度が密接に絡まり、関係し合いながら展開したものと言える。言ってみれば、学問、宗教、結婚にかかわる制度はけっしてそれぞれが独立した問題なのではない。それらは根本のところで通底し合っていて、この時代の社会の価値観の根幹をなしているのである。ジュードの入学を厳しく拒絶するクライストミンスターとは、「まるで温室でラディシュを栽培するように牧師たちを育てる」(一六)場所であり、そこで育てられた牧師たちがイギリス国教会の主役であり、聖式としての結婚制度を司る。学問、宗教、結婚という制度は根本のところで通じ合った社会の「儀文」であり社会の枠組みを支えるものと言えよう。この「儀文」に対してジュードとスーは絶望的な戦いを挑むことになる。

この戦いについて、ハーディは追記で次のように述べている。「人間の諸本能をそれらに適していない、古びた、うんざりする鋳型に無理に押し込めて、適応させていこうとすると、種々の悲劇が生ずるものである。そうした悲劇をみていこうとする作家の努力は常にしたたかに高いものにつく」と。ここで社会の「鋳型」に対して、ハーディが対峙させたものは「人間の諸本能」であった。学問、宗教、結婚といった制度の鋳型に生身のジュードとスーが体当たりをしていくとき、ハーディが初期の小説から一貫して追求してきた「社会」、「他」に対して「個」、「自」の価値観を主張するというテーマが実に鮮明に打ち出されてくる。序論でも触れたように、ダーウィニズムが人間の理解に生物としての視点をもたらしたとき、人間と人間を取り巻くものとの関係があらためて問いなおされることになる。'a moral being'としての人間に対して、'a biological being'としての人間が重要な意味をもってくると言えよう。ここでもハーディが打ち出したのは生命体としての「個」に基づいた価値観であった。

この物語で「儀文」がもっとも鮮烈な意味を持つのは、結婚制度に関してである。四人の主要人物が結婚にいかに巻き込まれていくかは目まぐるしいばかりである。ジュードはアラベラと結婚し、離婚し、スーと同棲し、アラベラと再婚する。一方、スーはフィロットソンと結婚し、離婚し、ジュードと同棲し、フィロットソンと再婚する。アラベラはジュードと結婚し、カートレットと重婚し、ジュードと離婚し、カートレットと再婚し、死別して、ジュードと再び結婚する。フィロットソンはスーと結婚し、離婚し、再婚する。このように結婚をめぐる錯綜した筋書きは、ハーディが意図して組み立てたものであり、そこで問われているのは聖式として、あるいは法的な制度としての結婚の意味である。ハーディはこの小説において結婚制度というものが、人間の諸本能をふさわしくない鋳型に無理に押し込めているのではないかと、結婚制度そのものを俎上にのせたのである。

だからこそオリファント夫人は「結婚反対同盟」と題した評論（ブラックウッド・マガジン、一五九、一八九六）で『日陰者ジュード』とグラント・アレンの『やってのけた女』を取り上げ、社会の存続の根本的な枠組みである結婚制度を否定する一連の小説に「結婚反対同盟」のレッテルを貼って、そうした小説が社会や若い読者に与える恐るべき悪影響を嘆き、こうした小説が結局のところ、とんでもない悲劇に終わっていることこそ問題だとして、大作家ハーディがこのような小説を書くとはなにごとかと、何度もハーディの名前を挙げて非難したのである。

さてジュードはスーに導かれて、結婚制度、さらに進んで学問、宗教という社会の「鋳型」の不合理に目覚めていくのだが、まずジュードの場合を見よう。若いジュードにとって、己れという生身の存在と社会との矛盾を痛切に感じる最初の事件はアラベラとの邂逅と結婚である。ジュードが生真面目な顔で、「エウリピデス、プラトン、アリストテレス、ルクレシウス……」と名を挙げながら学問の世界に浸って歩んでいたとき、彼の耳をピシャリと打つのは「一匹の雌の動物」(二八)として登場してくるアラベラによって投げられた豚の生殖器の一部であった。語り手が狙った「霊」に対する「肉」というコントラストは見事というほかないが、この「霊」の世界への「肉」の殴り込みとも言える衝撃的な事件は、ジュードのそれまでの「霊」に立脚した世界を転覆させる力を持つ。

アラベラがジュードにとって意味したものは、今まで彼が想像したこともなかった、彼を突き動かす強い力、「女から男への声なき呼びかけ」(二九)であった。

言ってみれば、まるで実際に物凄く逞しい腕が有無を言わせぬ力で彼を摑んだかのようであった。―それはこれまで彼を動かしてきた精神とか感化力といったものとはなんらの共通点もない何かであった。その力は彼の理性や意志をほとんど気にも留めず、彼のいわゆる高邁な目的など意にも介さず、まるで乱暴な先生が生徒の襟首を摑んでひきずって行くように、女との抱擁へと向かわせるのだった。その女はといえば、彼には何の尊敬も抱けず、郷里が同じという以外に彼自身の生活とは何一つ共通点のない生活を送っているのだった。(三二)

このように「肉」が「精神」とは無関係に人間を突き動かす力を持っている―このことは青年ジュードにとって驚くべき発見であった。「肉」の衝動はジュードをアラベラの虜にし、ジュードはアラベラとの結婚に踏み切らざるを得なくなる。やがて二人の破局。「ほんのいっときの感情を永遠の契りとした」(五四)ばかりに、破局の後に「結婚という事実が残った」(四八)。アラベラとの経験はジュードに肉体の持つ凄まじい力の意味と結婚制度が持つ「鋳型」としての誤りを自覚させることになった。

次にジュードはスーと知り合い、スーの知的洗礼を受けることで、次第に学問と宗教の牙城であるクライストミンスターへの懐疑に目覚めていく。クライストミンスターへの憧れに胸を熱くしながら、街を彷徨うジュードの前には壁が立ちはだかった。「たった一重の壁にすぎなかった―しかしなんと途方もなく越えがたい壁であることか!」(六九)とジュードは嘆く。しかし

「多分いつの日かその中に入ってやろう」（六九）と彼は秘かに心に決める。しかし、途方もない壁は結局ジュードを拒否する。思いあまってジュードが学寮長に出した手紙への返事には「貴方自身の分際にとどまることこそ」（九六）が貴方にとってより相応しい道だとあった。絶望するジュードに対してスーはクライストミンスターそのものを批判の対象にする。「私はクライストミンスターにはすこしも敬意を払ってはいません。知的な面ではいくぶんかは尊敬していますけれど」と。そしてその知性さえ「古い瓶に詰めた新しい酒のようなもの」であり、「クライストミンスターの古臭い中世主義は捨て去られなければならないの。それができないのなら、クライストミンスターそのものが消え去らなくてはならないわ」（一二五）と言い、あそこは「街の人たちや職人や酔っぱらいを除けば、何も判っていない所」（一二五）だと非難する。スーにとってクライストミンスターとは学問への情熱をもちながらも、お金も機会も縁故も無いために追い払われたジュードのような者のためにこそあるべきなのに、現実は「呪物崇拝者たちや亡霊信奉者どもがうようよ集まっている場所」（一二五）にすぎない。現実の学問の制度は学問を学びたいというジュードのような若者を追い払うだけの制度にすぎないというのだ。こうした議論に初めはジュードはただただ目を丸くしているのだが、次第に己の経験を通して、学問や宗教という制度の意味に目を開いていくのである。

彼には判り始めたのだ。町の生活の方が大学の生活よりも、はるかに生き生きして、変化に富み、まとまっている人間性の書物であるということが。キリストや大伽藍のことは知らなくても、この懸命に生きている男や女たちこそ、クライストミンスターのリアリティなのだ。(九七)

さらにスーと交わした長い接吻はジュードの一生の転機となった。ジュードに判ったことは自分がもはや「性愛というものをもっとも良くみても人間の弱さとみなし、悪くすれば、地獄に落ちる大罪とみなしている宗教というものに仕える一兵卒、一下僕となる」(一八二)ことはできないということであった。「彼の内なる人間的なものの方が、聖なる神というものより強い力を持っていたのだ」(一七三)。こうしてジュードの苦しい彷徨が始まる。職も無く、住む家も無く、雨の中、再びクライストミンスターへ舞い戻ったジュードの前を「儀文」を象徴する学者たちの行列が進んで行く。集まった群衆に向かって大声で話し始めるジュード。この哀切な言葉ほどジュードの戦いと挫折を訴えるものはない。

私は今様々な考えの混沌の中にあります—闇の中をまさぐっているのです—それは先例に依らないで本能にしたがって行動しているからなのです。八年か九年前、初めて此処に来たとき、私は整然としたいくつかの固定観念に捉われていました。しかし、それらはひとつひとつ脱け落ちてゆき、年を経るにつれて、私はそれらが信じられなくなりました。（二七八）

今のジュードにとっての生きる規範となるものは「自分には害になっても他の人々には害は与えず、そして自分のもっとも愛する者たちに実際に喜びを与えようとする気持ちに従っていく」（二七八）という自分の本能に基づいた生き方であった。固定観念を振り払って生きるジュードには「社会のきまりにはどこかに何か間違ったところがあるように」（二七八）思えたのである。それではこのようにジュードを導いたスーの場合はどうであろうか。先に挙げたハーディの追記の部分とまったく同じことをスーが言っているところがある。（この箇所は序論でも『窮余の策』との関係で触れているが、『日陰者ジュード』におけるハーディの問題意識の骨子と思われるので強調しておきたい）。

私、ずっと考えていたんですけど、……文明というものが私たちをはめ込んでいる社会の鋳型というものは、私たちの実際の姿とはなんの関係もないのよ、丁度ありきたりの星座のかたちが本当の星の姿とはなんの関係もないのと同じなんだわ。私はリチャード・フィロットソン夫人と呼ばれて、そういう名前の夫と平和な結婚生活を送っています。でも、私は、そんなフィロットソン夫人なんかじゃないわ、常軌を逸した情熱や、説明のつかない反抗を内に秘め、たった一人感情に翻弄されている女なのです。（一七二）

社会の鋳型とは世間的にみたフィロットソン夫人という体面であり、実際の姿とは社会の鋳型などとはなんの関係もなく、情念に翻弄されるスーの内面の生の真実のことである。このように社会の鋳型という言葉が示すものに対してジュードもスーも共に戦っている。スーはまた社会の鋳型への攻撃を次のようにも述べている。「私たちが不幸にも生きているこの時代の野蛮な慣習や迷信を、後の世の人々が振り返って見たら何て言って驚くでしょう！」（一八一）。この考えをジュードもそっくり持っていることは、ジュードが死を前にしてエドリン夫人に語る言葉に見いだされるが、この部分はインガムが指摘するようにマニュスクリプトにしか見いだされない。

私たちが不幸にも生きているこの時代の野蛮なこと、残酷なこと、迷信といったものを後の世の人々が振り返って見たらこの煩わしい生活は自然の持っている条件よりも、われわれに良かれと取り決められた様々な文明の条件により多く起因しているということが、一層はっきりと判るのではなかろうか。自然の条件にも問題は多々あるのだけれど、文明の条件は自然に何の根拠もおいてはいないのだ(8)。

このように、語り手もジュードもスーも同じ立場に立って人間という生物を殺す「儀文」に向かう。ここではジュードもスーもハーディのメッセージを体現していると言えよう。ブーメラが言うように(9)、ここまではジュードとスーは同じ考え方をしている。ジュードとスーはクリムとユーステイシアやエンジェルとテスが異なった考えに立っているようには違ってはいないのである。スーが不可解になるのはそこから先のことと言えよう。

このようにジュードとスーは共に手を取り合って「儀文」と戦う。二人の信条は同じ基盤に立っていると言えよう。ジュードはアラベラからスーへと対象は変わるが、彼を駆り立てるものは常にまぎれもなく「肉」の、「自然」の力であり、学問や宗教へ懐疑を向けるようになるのもまた内なる「肉」の力の持つ真実を否定できないからであった。そして、そこには語り手を通して、ハーディの一貫した「自然」、「個」の価値観の主張がみられるわけでこの点は前述したとおりである。

ところがスーはどうなのであろうか。スーとは一体何者なのか。彼女が不可解なのはどういう点に関してなのか。スーが不可解なのは彼女の行動が矛盾にみちており、一貫していないからである。ジュードの立場はジュードなりに一貫しているわけだからこの点がジュードとスーの最大の違いであろう。

スーはある時は「ヴォルテール主義者のように」（一一六）あらゆる制度に反逆し、慣習を蹴散らすかと思えば、「自分の考えを実行する勇気がなく……ときに男に愛されたいと願う気持ちのために良心が負けてしまう」（二〇三）、弱々しい、繊細な女だと告白する。ある時はセックスレスのように振る舞うかと思えば、時に驚くほど情熱的になる。さらに「女詩人、女予言者、その魂はダイヤモンドのごとく光り輝いた」（二九八）スーは驚くジュードを前に、学問と宗教の制度や、結婚制度の持つ欺瞞と虚妄を暴いて見せたのに、リトル・ファザー・タイムによるわが子らの殺人と自殺という事件のあと、今までの論理の全てを投げ捨てて、「制度」の奴隷と成り果て、教会による結婚、神の結婚のみを信じるとフィロットソンの許へ戻ってしまう。歯を食いしばり、顔を歪めて、フィロットソンの寝室に入って行くスーは反逆の精神をずたずたに切り裂かれた、生ける屍にすぎないと言えよう。

このようなスーの矛盾した行為、一貫性の無さはどう解釈すればいいのか。語り手はつまるところスーをどう捉え、どう提示しているのであろうか。スーの「不可解さ」を理解するためにはこの時代の「女」を縛っていた制度と「女」をめぐる言説が重要な意味を持つのであるが、そうした点を考慮しながら、いわゆる「新しい女」スー自身が抱え込む矛盾、語り手とジュードによって共有される「男」の視点からのスーの断定、そして母性という「制度」に対するスーのアンビヴァレントな対応といった三点に焦点を絞り考察したい。

ている。

「新しい女」スーの矛盾

スーと「新しい女」の関係を考えるとき、まず注目すべきは追記にみられるハーディの「新しい女」への言及であろう。ドイツの書評家によるとしてハーディはスーについて次のように述べている。

毎年何千人も現れて注目を集めている女性―フェミニスト運動家の女性―ほっそりとした体型の、青白い顔をした「独身」の女性―今日の諸条件が、現在のところは主に都会で生み出しつつある、知的で、自由に生きる、神経繊維を束にしたような神経質な女性―同性の大半が職業としての結婚という道を辿らなければならない必要とか、（結婚という）法の前提で愛されることが認可されていることに優越感を持つといった必然性など認めない女性―の小説における初めての描写……（追記）

ハーディが一八八〇年代から一八九〇年代にかけ数多く輩出したニュー・ウーマン・ノヴェルや時代のトピックであった女たちの戦いになみなみならぬ関心を寄せていたことは多くの評者が強

調しているところである。ハーディは一群のニュー・ウーマン・ノヴェルの作家たち、セアラ・グランドやグラント・アレンらとの交渉も深めていたし(10)、一八八九年の『人形の家』イギリス初演により、イギリスの知識人や女性に絶大な影響を与えたイプセン劇の上演を支援するために、一八九一年、ジョージ・メレディス、ジョージ・ムアらと共に「独立劇場協会」を設立してもいる(11)。法律、教育、職業、といった様々な面から女性の地位の改善が進められた一九世紀の後半にあって、ニュー・ウーマン・ノヴェルでは従来の「家庭の天使」といった枠組みに納まりきれない「女のありかた」が問い直されたのである。進取の気に満ち満ちた女たちの反逆は現実の社会に、そして小説のなかにけっして一様ではないが、様々な新しい生き方を模索した「新しい女」たちを生み出した。ハーディがゴス宛に「スーはずっと以前から興味をそそられたタイプの女性でしたが、こうしたタイプを描くのが難しいので、今まで取り組まなかったのです」(一八九五年一一月二〇日付)と書いているように、スーは「新しい女」の「タイプ」としてハーディに認識されていることがよく判る。スー像に多大の影響を与えたと言われるフローレンス・ヘニカー夫人は一八九〇年代を代表する知的で進歩的な「新しい女」の典型であり、ハーディはこの上流の、作家でもある知的な、美しい女性に強く惹かれ、二人の友情は一九二三年彼女が死を迎えるまで三〇年間にわたって続いたという。一八九五年八月一二日ハーディはヘニカー夫人に書いている。「本当に面白いことなのですが、今まで書いたどの物語よりも私はスーの物語に惹かれているのです」と。

『日陰者ジュード』をドラマ化しようとしたとき、ハーディが申し出たタイトルが『新しい女』あるいは『思想を持つ女』であったと言われるから(12)、スーを通してハーディは「新しい女」の典型を描こうとしたことは明らかである。スーは新しい自由な両性関係を求めて、結婚制度に果敢に反抗する。スーは結婚制度に縛られた、あるいは制度に保証された愛情や肉体関係を嫌悪して、ジュードと同棲生活を始めてからも、なかなか結婚に踏み切れない。牧師の祝福や役所の印によって愛されることが認められる「鉄の契約」(二一八)によるのではなく、男と女の愛は「その本質は自発的なもの」(一七八)なのだから「いつも恋人同士のように」(二一九)愛し合う関係でいたいというのがスーの求めたことであった。スーはジュードのアラベラとの結婚という過去を知り、反動でフィロットソンとの結婚に走るが、教会での結婚がいかに女性に屈辱的なものかを発見してジュード宛に手紙を書いてくる。

私、『祈禱書』の結婚式のところを調べていますが、ともかく花嫁の引渡し役などというものが必要だなんて、とても屈辱的に思えますわ。そこに記されている式次第によれば、私の夫は自分自身の意志で私を選ぶのですが、私の方は夫を選ぶわけではないのです。誰か第三者が私を雌ロバか雌山羊か、何か他の家畜のように、彼に引き渡すのです。ああ、国教徒よ、その高

慢な女性観に幸いあれ！（一四二）

結婚制度にこのような大胆な反抗を見せるスーであるが、他方においてスーの行動はなんと衝動的で、感情的であることか。スーはフィロットソンとの婚約も結婚もまったく衝動的ともいえる方法で決める。ジュードが大学への道を閉ざされ、絶望のあまり、泥酔して夜遅くスーを訪ねていったことが直接のきっかけとなり、「彼に対する非難が婚約という形をとった」（一一二）とジュードは悟る。さらに、フィロットソンとの結婚が急に早められることになったとき、ジュードはスーが「彼の（アラベラとの）秘密を突然叩きつけられた腹立ちのあまり、フィロットソンの要求に従う気になったのではないか」（一四一）と考える。一方では非常に知的で理性的に社会の制度を批判しながら、他方では衝動的、感情的な反応を示すスーの内面は分裂と矛盾と葛藤の修羅場と化しているのではないか。ここには理念として社会の「制度」に対して敢然と戦おうとする「新しい女」が、「新しい女」になりきれず、感情に引きずられ、まるでしばしば剝き出しになった神経そのもののように過敏な反応を見せている姿がある。こんなスーはジュードにとって解けない「謎」（一一二）なのである。

スーをさらに不可解にしているのはスーの性に対する態度である。スーはジュードと異なり、結婚制度を否定するだけではなく、フィロットソンやジュードとの性的関係も受け入れようとしない。男とまったく対等な関係に立つことを求めるとき、結婚制度も肉体関係も女の「自由」と「自立」には脅威になるという考えが、スーに一八歳のとき、クライストミンスターの大学生と「性」を無視した同棲生活をさせたのである。「性」を否定した上で初めて男と対等になれる、あるいは女でありながら、男と男同士のように付き合うことで自由と自立を守るといったフェミニズム思想の一側面がここではスーを縛っていると考えられる。「男のようになった」サフラジェットたちが所々でカリカチュアとして描かれているのは、たとえば、H・G・ウエルズの『アン・ヴェロニカ』（一九〇九）に登場するミス・ミニヴァーなどにも見られる。ミス・ミニヴァーは「肉体」を汚らわしいものとして蔑視し、男との間にもプラトニック・ラヴしか認めようとしない。この点はウエルズによって徹底的に揶揄されているが、こうしたフェミニズム思想の展開の上で過渡的ともいえる性の否定という問題がここに見いだされると言えよう。

それではスーは「性」の無い女なのであろうか。否である。スーに「性」は無いのではなくて、スーの「性」はキャサリン・ブレイクが鋭く指摘しているように(13)抑圧されているのである。スーの性を抑圧しているものは、後述するようにスーのなかのシェリー風の知的な魂の結びつきへの憧れとか女神として祀りあげられた「家庭の天使」という言説の影響とかがあるのだが、前述したフェミニズム思想の持つ潔癖なまでの肉体否定の考えが大きく関わっていることは間違いない。

ハーディは初版への序でこの作品は「肉と霊との間で交わされる凄まじい闘争」を描いたものだと述べているが、この「肉と霊との間で交わされる凄まじい闘争」はジュードの内面で「肉」をアラベラ、「霊」をスーが現すとして戦われるといった単純な図式で解釈できるものではない。ジュードと同様にスーの内部でも「肉」と「霊」は死闘を繰り返しているのである。スーが「肉」を抑圧しながらも、いかに「肉」に苦悩しているかを理解するために'grossly'（「みだらに」、「下品にも」）という言葉に注目したい。

この言葉はこの小説の中で数カ所用いられているが、『日陰者ジュード』でのこの言葉の意味はいずれの場合も「霊」に対する「肉」の意味で使われていて、「みだらな」、「下品な」、「情欲に耽る」といった内容を表している。ジュードがアラベラと縒《よ》りを戻し、肉体関係を持ったことを知ったスーは激しくジュードを詰る。「どうして貴方はそんなにみだらなの？　私の方は窓から飛び下りたのに」（二〇五）。そしてジュードとの肉体関係を拒むスーに向かってジュードが叫ぶ。「でもね、スー、きみは幻みたいで、まるで肉体を持たないような人だから、こう言ってよければ、動物的な情欲がほとんど無いんだよ。だからそんな風に理性的に行動できるんだ。でも僕たちみたいにみだらな中身でできている、哀れなものどもにはそんなことはできない」（二一九）。「僕たちみたいにみだらな中身を持つ哀れな者」とは情欲に翻弄される男のことである。ところがスーは同じ言葉を使ってジュードへの愛をエドリン夫人に告白する。雨の中を毛布を纏い、熱のある身体で訪ねて来たジュードとスーは、熱い接吻を交わす。「でも、あー、あー、大切な人、貴方のキスにお応えするわ。そう、いくらでも……」（三三二）とスーは熱烈な接吻をジュードに返す。その夜、スーは泣きながら言う。「今日の午後ジュードがやって来ましたの。あの人をまだ愛していることが判りましたの。あー、とってもみだらにですの！……」（三三五）。かつてジュードを非難した言葉をそのまま用いて自分の気持ちを表すとき、スーの内部には抑圧しきれない性的情念が渦巻いていると言えよう。

スーの情念は抑圧されているがために、時に激しく噴出する。ドルシラ伯母の葬儀のあとアルフレッドスンへと丘を下っていくスーは同時に振り返ったジュードと共に駆け寄り、固く抱擁しあって、熱く長い接吻を交わす。またアラベラの訪問がきっかけとなって、初めてジュードとの関係が進展した翌朝のスーは「彼の接吻に今までにないやり方で応えていた」（二二六）。スーの内なる「性」は様々な要因で、特に「新しい女」の自由と自立への希求によって、押さえつけられていたために、スーは時には奇妙なジェンダー無視の態度をとり、冷たく理性的であるかと思えば、時にはみだらに情熱的な態度をみせると言えよう。スーの不可解さには時代の「新しい女」が内に持つ、制度に反逆し自立を標榜しながら自立しきれない苦悩や、性を否定しながら否定しきれない矛盾が複雑に関わっているのである。

語り手とジュードが「共謀する」[14]男の視点

『日陰者ジュード』についてしばしば指摘されることは、語り手とジュードの距離の近さであろう。語り手は物語を語り、様々なコメントを発しながら、時にジュードと区別しがたいほど一体化する。ブーメラやクリスティン・ブラディ[15]が指摘するように、ハーディの語り手は絶え間なくジュードの意識の中に入り込み、語り手とジュードの間には「一種の共謀関係」が見られると言う。二人は共謀してスーを視覚化し、スーを解釈し、説明し、断定する。そしてさらに興味深い点は、ブラディの言うように、「女」に関しての意見を述べる場合、まったく別々に語っているときでさえ、その意見は共鳴し合っている。語り手とジュードは共謀して「女」の解釈を展開するが、それらはしばしば「臨床医が患者を診断するような権威」[16]でもって語られる。そのため、生身のスー自身の声、様々な要因によって抑圧されているスーの内なるセクシュアリティ、自由と自立への知的渇望等々は語り手とジュードの「権威ある」診断によって、まさに「鋳型」にはめられ、スーの声は霞んでしまう。語り手とジュードの声はスーをより一層複雑にし、不可解にするのである。

まず注目すべきはスーの精神性の強調であろう。批評家らも指摘するようにシェリーの『エピサイキディオン』は『日陰者ジュード』の重要な拠り所となっていると考えられ、シェリーへの言及は何箇所かにみられるが、ジュードもそしてスーも二人の精神的、霊的な結びつきへの憧れを強く持つ。ジュードが「精神そのもののような君、肉体を備えていないような生き物、大切な、愛しい、捉えどころのない幻のような人―とても生身の人とは思えなくて、抱きしめようと両腕を君のまわりに回すと、まるで空気のように両腕が君の中を通り抜けてしまう」(二〇六)とスーの精神性を畏怖すると、スーは言う。

それじゃ、シェリーの『エピサイキディオン』のあの美しい一節を暗唱してみてくださらない、私のことが歌われているみたいに。……これがその一節なんですの……
わが魂、幻を求めて、高くさまよいしに、しばしば出会いしはひとつの存在
そは天の御使、人というにはあまりにたおやかな、輝ける女の姿まといて……
あら、あまりにも自惚れているみたいなので止めますわ。でもこれは私のことだと言ってくださいな!―ねえ、お願い!(二〇六)

するとジュードは答える。「これは君のことだよ、愛しい人、まさに君そっくりだよ」と。
ジュードにとってスーは精神そのもの、自らの肉体を恥じ入らせるものとして存在する。彼の

目にはスーは「あまりにも空霊な、魂の顫《ふる》えが手足にも透けてみえるような女性」（一五六）として映る。罰を受けて寮を抜け出し、肩まで水に漬かって川を渡り、ジュードの下宿にやってきたスーは、ジュードの服を借りて暖炉の前のひじ掛け椅子に座ってやっと人心地つくのだが、ジュードは火の前で温かくなり、眠りはじめたスーの姿に「ほとんど神にも近いもの」を見る。ジュードの視線はスーから肉体を取り去り、そこに執拗に霊妙な「精神」、「魂」を見ようとする。語り手もまたスーを「空霊な、神経のか細い、繊細な少女で、フィロットソンとの、いや、いかなる男との結婚生活の勤めを果たすにも気質や本能からいって、まったく向いていないよう」（一八三）だと、彼女の肉体を否定した断定をする。こうして特にジュードの言葉や視線を通して、霊妙なスーが提示される。ここには「女」の性を否定し、「女」を天使として祀りあげた時代の「男」の言説がジュードと語り手によって分かち持たれていると言えよう。「羽を透して身体が見える」ような「小さな可愛い小鳥」（一七七）、肉体などほとんど備えていない「精神」そのもののようなスーは、ジュードと語り手によって崇拝と畏敬の対象という「鋳型」にはめこまれたのである。ジュードはスーの「誘惑者」であり、スーは「自然が手をつけないでそのままにしておこうとした優雅な存在」（二九二）、言ってみれば聖なる存在とあがめられたのである。

勿論、女性の精神性の強調はこうしたシェリー風のアイディアリズムのみに起因するものではないことは明白である。ホートンは、キリスト教信仰への懐疑と不安が高まった時代、そして商業、工業の発展による利潤追求の厳しい競争社会の中で、人々は家庭という「炉端の神殿」に、そしてそれを司る女神としての女性に、精神的安らぎを見出したと言っている(17)。女性を「家庭の天使」として祀りあげる中産階級に浸透した文化のメッセージをここにも見出すことができる。

次にジュードと語り手が共有する、さらに顕著な視点は男性と女性が本質的に異なるとする性差の強調である。ハーディの時代、性差のイデオロギーは政治、社会、文化、宗教、科学といった様々な分野に浸透していたわけだが、ここではスーが反逆した結婚制度との関係で考察したい。'the weaker vessel'「より弱き器」という言葉を手掛かりとしてみよう。

「より弱き器」とはペテロ前書(三―五―七)に次のような箇所を見出すことができる。「夫たる者よ、汝らその妻を己より弱き器の如くに、知識にしたがひてともに棲み、生命の恩恵をともに嗣ぐ者としてこれを貴べ。これ汝らの祈りに妨害なからんためなり」と。夫は「より弱き器」のごとく妻に対し、妻は夫に従う。これがキリスト教における夫と妻の関係の基本となるから、聖書は繰り返しこの教えを説いている。「妻たる者よ、主に服ふごとく己の夫に服へ、キリストは自ら体の救い主にして教会の首なるごとく、夫は妻の首なればなり。教会のキリストに服ふごとく、妻も凡てのこと夫に服へ」(エペソ書五―二二―三)と。妻、そして女は夫、すなわち男に比して「より弱き器」として扱われる。語り手はスー失跡後の女子学生らの不安げな顔の中に「より弱き器」の烙印を見る。

三〇分後、彼女たちはみな寮の小さな寝室に横たわっていた。その優しい女らしい顔は、細長い寮の部屋の所々で燃えるガス燈の方に向けられていた。どの顔の上にも、彼女たちが生まれながらに背負わされた女という性のために「より弱き器」という銘が刻まれていた。その「より弱き器」は情け容赦のない自然の法則が変わらないかぎり、どんなに自ら進んで勇気や能力を発揮しようとも強くなることはできないのである。彼女たちの様子は愛らしく、もの思わしげで、胸を打つものであったが、自らはその悲しみや美しさに気付かず、また気付くこともないであろう―その後の年月の、不正や孤独や出産や死別といった苦しい嵐のただ中で、たいして気にも留めないでやりすごしてしまったこととして、この経験を思い起こす時がくるまでは。

(二一七)

語り手にとって、自然の法則が変わらないかぎり少女たちは「より弱き器」であった。彼女たちにとってそれは逃れる術のない法則であると語り手は強調する。

ジュードも語り手と同様に女性を人間の中のより弱き者と呼ぶ。アラベラの罠にはまり再びアラベラとの結婚にせき立てられるジュードは、酔いのために自分を見失いそうになりながらも、アラベラに向かって叫ぶ。「……結婚しよう、神かけてだ！　ぼくは女にも、どんな生きものにも恥ずべき行為はしたことがないんだ。ぼくは弱き者を犠牲にして自分を助けたがるような男ではないぞ」（三二五）と。

こうして教会による聖式としての結婚に真っ向から立ち向かい、結婚を否定して生きていこうとするスーに対して、ジュードと語り手によって共有されている「男」の視点は「女」に与えられた、まさに聖書の言葉「より弱き器」というラベルを貼るのである。

さらに語り手はジュードと共謀して、スーを非難する。スーが子供たちの死の衝撃のあまりフイロットソンとの結婚こそ有効なものだとして、因習の世界へと逆行することを批判して、ジュードは全てを女性ゆえのヒステリー、あるいは女性ゆえの愚かさときめつける。変わり果てた、まるで人間のぼろ屑のようになったスーを見てジュードは言う。

僕に判らないのは君が以前の君の論理に驚くほど盲目になったということだ。それは君だからそうなの、それとも女ってみんな同じなの？　女というのは、一体、一個の思考する単位となりうるの、それとも常に整数になりきれない分数のようなものなの？（二九九）

スーの行為に論理性が欠けるとして、その原因を女性に共通なことかとジュードが言うとき、スーという女性が問題にされていることは明白である。ここでは明らかに非論理性が女性に固有なものとして、ある意味では、臆面もなく糾弾されているからである。

ジュードはまた死を前にしてエドリン夫人に訴える。


かつてあの女《ひと》の知性はベンジンランプのような僕の知性に比べて星のように煌めいていました。僕の迷信など蜘蛛の巣のように、一言でもって払いのけられると見ていたのです。それから、恐ろしい苦悩が僕たちを襲いました。あの女《ひと》の知性は崩壊し、あの女は闇へと方向を変えてしまいました。男と女の違いはなんという不思議なものなんだろう。大抵の男は時と状況によってものの見方を広くしていくというのに、女の場合はほとんどただ視野を狭めるだけなのです。

(三四〇)(傍点筆者)


ジュードはこうして、女性は男性とは違った精神構造を持つ者として断定し、非難している。力尽きたスーを女性ゆえのヒステリーとして片づけるのでは、まさに女性の使命を結婚、家庭、生殖の鋳型に押し込め、そのためには女性には論理的思考能力などあるはずもないし、あってはならないとする時代の「女」の言説がジュードという人物に強く分かち持たれていることを認めざるをえない。

自由と自立を標榜するスー像は、スー自身が内に抱く矛盾に加えて、このように語り手とジュードの視線にからめ捕られ、支配され、複雑で、捉えどころのない、不可解なものとして読者に提示されるのである。

母性という「制度」

スーは二児の母となり第三子を身籠もりながら、およそ母性を感じさせない、ほっそりとした女性として描かれる。スーにとっての母性とは何であったのか。スーは母性をどう受け止めていたのか。子供たちの死の後のスーの制度への逆行は何を意味しているのであろうか。こうした問題を考えるとき、スーと母性の関係が重要な鍵を与えてくれると思う。

男女が解剖学的に、また生理学的に異質なものであるという認識は、一九世紀後半、ダーウィンの進化論によってさらに強固な科学的な支持を得ることになる。ダーウィニズムという生物科学がいかに性差のイデオロギーに加担していったかはC・E・ラセットなどが見事に論じているところであるが(18)、こうした男女の身体的差異という背景のもとに、母性が社会で「制度」化され、多くの「新しい女」の小説においても、母性だけは一種の聖域として、女性の疑うべくもない使命として扱われた。ところがブーメラによると、モナ・ケアドとハーディだけは母性が女性にもたらす過酷な試練に注目したとしている(19)。『日陰者ジュード』において、スーの母性はどう捉えられているのか。

スーにとっての母性を考えるとき、まず頭に入れておかなくてはならないことは、ハーディの時代に母性がどのように理解されていたかである。当時は、避妊や堕胎といったかたちでの生殖の管理や操作が現代ほど一般に知られていなかったから、性的関係はかなりの必然性でもって母となることを意味した(20)。スーがジュードとの肉体関係を恐れる気持ちの底には母となることで個としての自由と自立を失うのではないかという不安があるのではなかろうか。ジュードについに身を任せる決心をして「とうとう小鳥は捕らえられてしまったのね」とスーが言うとき、彼女の微笑みのなかに悲しさが広がる（二二六）。それはいずれは母となることを覚悟しなくてはならないという運命への諦めと悲しみの微笑みと言えるのではなかろうか。一方この時代、女たちにとって母性は一夫一婦制度を基盤とする結婚制度と結びついた、社会の「制度」であった。女たちは神の説く理想の家庭の守護神として「妊娠、出産、育児」という女に課された役割を見事に果たすことを求められたのであるから。

結婚という「制度」に反逆するスーも母性という「制度」に抗うことはむつかしい点が重要である。スーが結婚制度との妥協さえ考えるのは子供の存在を通してである。フィロットソンからジュードの許へ行く許しを乞うスーは「特に面倒をみなくてはいけない子供という新しい利害関係が生じていないから」（一八七）道徳的に私を自由にして欲しいと言う。子供がいない場合は、ジュードもスーも自分たちの思うがままに生きることができると思う。しかし、リトル・ファザー・タイムが二人の家にやって来たときスーは「制度」と妥協することを強いられる。

「寝入る前にこの子は君のことを二、三回お母さんって呼んだよ」とジュードはそっと言った。

……

「……私考えていたんですけど、私たちなんとか勇気を奮い起こして、結婚式を済ませた方がいいんじゃないかしら？　流れに逆らってもしかたの無いことかもしれない。私、だんだん普通の女の人と同じになっていくみたい。あー、ジュード、そうなっても私のこと心から愛してくださるわね。私本当にこの子に優しくしてあげたい、この子のお母さんになってあげたいわ。結婚の形を整えた方がそうし易くなるかもしれないから」（二三六）（傍点筆者）

あれほど結婚という制度に反抗したスーがこのような言葉を口にすることを誰が予想できたであろう。スーの結婚制度への逆行はこの時点で既に始まっている。あとは様々な条件がスーをいっそう追い詰めるだけである。それでも結婚式を済ますことができないジュードとスーはリトル・ファザー・タイムが学校で自分たちが怪しげな関係だとして苛められたことに酷く心を痛めた末に、ついに数日間家を留守にして、法律的に結婚してきたと偽ることにした。しかしこのことは二人の謎めいた関係の解決にはならなかった。近所の人たちやパン屋や食料雑貨屋の店員たちもどことなくよそよそしい態度をとるようになった。ジュードの石工仕事の注文も目に見えて減ってきた（二五三）。「近所の人たちが私を見る態度はとてもやりきれないの」（二五三）とスーが嘆く。やっと舞い込んだ教会修復の仕事も二人の関係が噂に上り、簡単に解雇された。スーはそのような中でもリトル・ファザー・タイムの心を覆っている灰色の雲をなんとか取り除いてやりたいと子供への母としての憐憫の情を強めていく。

しかし「私たちがこのままで幸福なら、そんなこと（法的に結婚していないこと）が他の人たちになんの問題だっていうの？」（二四三）といった生き方は子供がいる場合には通用しなかった。子供は頭の中ではなく、社会の中でしか育てられないのだから、社会の制度を無視して生きるとき、彼らと子供たちには住む場所は与えられない。「パン屋だって、お客を得るためには世の中と折り合っていかなくてはならないのだから」（二五九）、やがて社会に場所を得られない彼らの「遊牧民のような」、定職もなく渡り歩く生活が始まった。こうした生活の行き着く先には破滅しかないことを予測するのは難くない。クライストミンスターでジュードは学者たちの行列にまたもや我を忘れてしまい、遅くなって宿探しを始める。小さな子供たちを連れたお腹の大きいスーを見た家主らはにべもなく部屋を断る。スーは上着で体を覆うようにして隠し、三軒目でやっと自分と子供たちだけという条件で部屋を借りることができる。しかし、それも目敏《めざと》い女主人の「貴方、本当に結婚していらっしゃるの？」（二八一）という質問にスーが真実を話したことから、翌朝は出ていかなくてはならなくなった。

こうした一部始終を見ていたリトル・ファザー・タイムはスーに尋ねる。

「でももし子供がそんなに面倒なら、どうしてみんなは子供を産むの？」

「あー、自然の法則なのよ」

……

「……ぼくは生まれてこなければよかったんだ！」

……

「もう一人赤ちゃんが生まれるわ」

「なんだって！」子供は激しく跳び上がった。「あー、なんてことだ、お母さん、もう一人いてもいいって言ったんじゃないんでしょうね、今いる子供だけでもこんなに面倒なのに！」

「いいって言ったのよ、ごめんなさいね！」スーは涙で目を潤ませながら小さな声で言った。

……

「そんなことをするなんて、お母さん、一体どうしてそんなに意地悪で残酷なの。もっとお金ができて、お父さんも具合がよくなってからでよかったのに—そんなことになればみんながもっと困るというのに！　部屋も無いし、お父さんはここにはいられないし、ぼくたちも明日は追い出されるというのに、もう一人すぐに生まれてくるなんて！　わざとしたんだね！　わざと、わざとなんだ！」

……

「……こんなに困っているんですもの、まったくわざとしたようにみえるでしょうね！　でもね、うまく説明できないの！　でもわざとじゃないのよ！　どうしようもないことなの！」

「いや、そうだよ、わざとにちがいないよ！　お母さんがいいって言わなければ誰もそんなことするわけがないよ！……」（二八四）（傍点筆者）

注意深く読めば、ここでのスーの言葉ほど「産む性」としての女の苦悩を語っているものはない。「肉」という「自然」の肯定は「産む性」の苦しみにそのまま繋がることをスーは身をもって体験しているのだ。情熱の結果が子供という果実となることは「どうしようもない」「自然の法則」であった。苛酷で、仮借ない「自然の法則」という言葉をハーディは所々で繰り返して、自然そのもののなかに見いだされる矛盾を強調していることはあらためて指摘するまでもない[21]。リトル・ファザー・タイムの事件は母性という「自然の法則」が、いかに重くどうにもならない負担を女に強いているか、そして社会が結婚制度や結婚制度に基づく母性という「制度」に妥協をしない者にいかに過酷な復讐をするかを表すシンボリカルな意味を持つと言えよう。

わが子たちの死に直面したスーには社会の「儀文」を暴き、ジュードを啓蒙した知性の片鱗も残ってはいない。「私は野蛮人のように迷信深くなっていくんだわ！　でも私たちの敵が誰であろうと、何であろうと、私は脅え、降参してしまったの。私にはもう戦う力は残っていないの、もうやる気力がないの。まったく打ちのめされてしまったの、まったく！」（二九一）とスーは泣き、「私たちは肉を克服しなくてはならないの、恐ろしい肉を、アダムの呪いを！」（二九三）と叫ぶ。「肉」と「自然」を否定して、今まで戦っていた社会の「制度」と「儀文」に逆戻りするスーは自然の持つ「産む性」の残酷さと社会からはじき出された絶望に、半狂乱になったと考えられよう。ハーディにあっては母性は神聖な母と子のイメジが示すようなものとは程遠い、女たちに苛酷な試練を要求する「自然の法則」であり、また社会の「制度」として女たちを縛るものであった。語り手はスーにとって母性がいかなるリアリティを持つかを徹底的に描き出しており、この点において、母性をなによりも神聖なものとして疑わなかった小説家たちとハーディが異なるのである。

スーと母性の関係において問題をさらに複雑にしているのは、スーの母性へのアンビヴァレントな態度であろう。スーには母となることが自身の自由と自立を失うことになるという恐れがあり、肉体関係への忌避もそこからくるとも言える。しかし、また母となると、制度や慣習の犠牲になってもいいと言うほど、母性への愛着を示す。子供たちを失ったスーは自らの存在理由を失ったように、理性を失い、全てを神の呪いとして受け止める。彼女の知性は完全に崩壊してしまった。このことは彼女の中で母性がいかに彼女のアイデンティティとなっているかを示すと言えるのではないか。母となることを恐れながらも母性はまたスーの拠り所でもあった。母性はスーの内なるノームとして取り込まれてもいたのである。

このようにスーの不可解さを読み解いてきたわけだが、スーという生身の一個の生物は、「自然」の存在として生きようとするが、社会の様々な女をめぐる制度や言説がスーを縛る。ジュードの場合「儀文」との戦いは己れの「肉」という「自然」との、言ってみれば、正面きっての戦いであると言える。それに比して、スーの戦いはそれほどストレートなものではない。スーの「肉」は「女」という制度や言説によって抑圧され、歪められ、鋳型に填められて、スーはますます矛盾の塊のような、複雑で不可解な存在になってしまうのである。

ハーディの提言

さてこのようにハーディの小説の女たちは、「女」という「制度」や言説に果敢な戦いを挑みながらも、最後には傷つき、斃れる。テスは「制度」によって裁かれ刑場の露と消え、グレイスやスーは肉体は生きながらえるが、精神は「嘆かわしい亡骸」と化し、「制度」の奴隷と成り果てる。小説の終わりちかくで、変わり果てたスーに向かって、ジュードは哀切極まりない声で、空しく語りかける。「スー、スー! ぼくたちは儀文によって行動してきたけれど、「儀文は殺す」ということなんだよ」(三三〇)と。「儀文」に殺された者として、ジュードやスーは勿論であるが、二人の子供を殺し、自らも縊死したリトル・ファザー・タイムの場面ほどグロテスクなまでにその衝撃を伝えるものはない。

それでは「制度」に傷つき、斃れた女たちの悲劇を追求したハーディはその先にどのような展望をみていたのであろうか。次のようなハーディの発言に注目してみよう。

ハーディは『日陰者ジュード』において結婚制度への批判を展開したわけだが、ある意味では制度にとって代わる男と女のありようを問題にしていたことがニュー・レヴュー(一八九四年六月)での発言などからも理解できる。結婚というものが「両性の結びつきにとって満足のゆくありかた」であろうかと疑問を呈している。「美術や文学や宗教や様々な学問において結婚は賛美されているけれども」と。

晩年になって賛成に転じた婦人賛政権が将来もたらす事態については、M・フォーセットに宛てて(一九〇六年一一月三〇日)実に時代に先んじた意見を述べている。

私は婦人参政権を支持しています。その理由は婦人が参政権を得てゆけば、それはやがて今日の社会の有害な慣習をばらばらに解体していくと思うからです。様々な風習、慣習、宗教、私生児の問題、ステレオタイプ化した家族（家族が社会の一単位でなくてはならないといった）、子供の父親の問題（疫病や狂気の場合を除いてそんなことは当事者の女にとっての問題でしかないのに）などを……

そして『日陰者ジュード』に関してハーディはヘレン・ワードに宛てて（一九〇八年一二月二二日）次のように書いている。この中でハーディは婦人参政権運動に男性が積極的に参加すべきではなくて、婦人自身の運動に任せるべきだという冷たい態度をとっているのだけれども、婦人参政権が実現した時には、「多分今日の結婚制度やその他の様々な社会の慣習、宗教的な慣例や決まり、財産に関する法律上の規則などというものが崩壊していくだろう。私自身はそれが必ずしも良くないことだとは考えない。（もしそう考えていたら、『日陰者ジュード』は書かなかったであろうから）」と。（傍点筆者）

ハーディはジュードに「我々の考えは役にたつには五〇年早すぎた」（三四〇）と嘆かせているように、社会が変われば、女たちがより一層の自由と自立を手にする未来が訪れると考えていたからこそ『日陰者ジュード』を書いたと言えよう。フィロットソンは自由になりたいと望むスーのことで友人のギリンガムと話し合う。

「だが、みんなが君が言うように行動したら、あちこちで家庭は崩壊してしまうだろうね。家族というのはもはや社会の一単位ではなくなるだろうから」

「そうだね、私はすっかり道を違えているのかもしれない」とフィロットソンは悲しげに言った。「……だがね、女と子供たちだけで、つまり男抜きで社会の一単位になってはいけないのか、私にはその理由が判らないね」

「おや、おや、まったく！　母権制だね！」（一九五）

父親抜きの母親と子供たちだけの、家父長制の反対の極にある母権制がこうして示唆されているかと思えば、リトル・ファザー・タイムを育てる決心をしたジュードはスーに向かって次のように言う。

子供の親が誰かといったけちな考え方―結局それはどういうことなんだろうか？　子供と血のつながりがあるかどうかなんてことを考えてみると、それは大した問題ではないんじゃないかな？　この時代の子供たちはみんな全体として我々大人の子供たちであり、我々みんなから世話される権利をもっているんだ。自分の子供だけを大事にして他人の子供には知らん顔というのは、階級意識や愛国心や自分だけの霊救済主義や諸々の徳目がそうであるように、根本のところは卑しい独善主義なんだよ。（二三二）

ここでハーディによって提言されていることは百余年前という時代を考えると、実に新しい。それは当時の結婚制度や家族制度の批判であり、父権制の見直しであり、母権制の可能性であり、子供たちへの大人全員による社会的保護と責任の必要性である。そしてここで示唆されている家族をめぐる問題の多くは『日陰者ジュード』の出版以降今日まで、実際に様々な角度から論じられ、あるものは実践されてもきた。今日、女をめぐる「自然」の状況も避妊や中絶といった人工の操作で随分変わってきたし、生殖をめぐる問題はますます論議をよぶことになろう。さらに女性が獲得してきた様々な権利は女性の社会的地位を徐々にではあるが確実に向上させてきた。その結果、「女」という制度も「女」をめぐる言説も大きく変わりつつある。

『日陰者ジュード』や前述した箇所でのハーディの発言をみると、ハーディがやがては到来する男と女の未来の関係を視野の先に入れてものを見ていたことだけは否定できないであろう。ハーディは女たちの条件が改善される未来を願っていた点ではフェミニストであったと言える。

『日陰者ジュード』出版から百余年を経て、現在、男と女は互いに新しい共生の関係を模索している。我々はハーディが予見した男と女のありようや家族のかたちをめぐる様々な「実験」の真っ只中にあり、今日それらの「実験」は地球的規模において実践されているとさえ言えよう。ハーディは私たちの時代に通じる女たちの生き方を予測していたのである。

注

序論

一　小説家ハーディの誕生―センセーション・ノヴェルからニュー・ウーマン・ノヴェルへ

1　Merryn Williams, "Hardy and 'the Woman Question,'" *Thomas Hardy Annual*, 1, ed. Norman Page (London: Macmillan, 1982) 44.

2　Florence Emily Hardy, *The Life of Thomas Hardy, 1840–1928* (London: Macmillan, 1962) 60–61. See Michael Millgate, ed., *The Life and Work of Thomas Hardy by Thomas Hardy* (London: Macmillan, 1984) 61–63.

3　Michael Millgate, *Thomas Hardy: A Biography* (Oxford: Oxford UP, 1982) 117–18.

4　F. B. Pinion, *A Hardy Companion* (London: Macmillan, 1968) 19.

5　C. J. P. Beatty, Introduction to *Desperate Remedies* (London: Macmillan, 1975) 12.

6　Kathleen Tillotson, "The Lighter Reading of the Eighteen-Sixties," Introduction to *The Woman in White* (Boston: Houghton, 1969) ix.

7　Tillotson xv.

8　Elaine Showalter, *A Literature of Their Own* (Princeton: Princeton UP, 1977) 158.

9　Showalter 160.

10　Tillotson xix.

11　F. E. Hardy 64.

12　ここでの「女」という制度とは、ハーディが小説を書いた一九世紀後半において、「女」を縛った制度や、社会的、文化的に構築された、様々な「女」をめぐる言説の総体を意味している。この「女」という制度と関連させないでハーディの小説の女たちを読み解くことはできない。扱う対象は異なっているが荻野美穂氏他『制度としての〈女〉』（平凡社、一九九〇）から示唆される点が多かった。

13 Thomas Hardy, *Desperate Remedies* (London: Macmillan, 1975) 272-73.

14 Thomas Hardy, *Tess of the d'Urbervilles* (London: Macmillan, 1985) 106.

15 Thomas Hardy, *Jude the Obscure* (London: Macmillan, 1986) 172.

16 *Desperate Remedies*, Prefatory Note 37.

17 Ellen Jordan, "The Christening of the New Woman: May 1894," *Victorian Newsletter* 63 (1983): 20.

18 E. Lynn Linton, *The Girl of the Period* (London: Richard Bentley & Son, 1883) viii.

19 Elaine Showalter, ed., *Daughters of Decadence* (London: Virago Press, 1993) viii.

20 Thomas Hardy, "Candour in English Fiction," *Thomas Hardy's Personal Writings*, ed. Harold Orel (London: Macmillan, 1967) 125-33.

二　女たちの戦い—夫の「隷属物」から自立に向けて

1 Harold Perkin, *Origins of Modern English Society* (London: Routledge, 1969) 420.

2 Joan Perkin, *Women and Marriage in Nineteenth-Century England* (London: Routledge, 1989) Ch. 1.

3 J. Perkin 303.

4 See Gillian Beer, *Darwin's Plots* (Ark Paperbacks, 1983); Cynthia Eagle Russett, *Sexual Science* (Cambridge, MA: Harvard UP, 1989).

5 Michael Mason, *The Making of Victorian Sexual Attitudes* (Oxford: Oxford UP, 1994) 138.

三　女たちを縛った言説—様々な装置からのメッセージ

1 Graeme Turner, *British Cultural Studies* (London: Routledge, 1990) 30.

2 『イギリス史』三（山川出版、一九九一）八九。
3 Mason 48.
4 H. Perkin 204.
5 W. B. Mackenzie, M. A., *Married Life: Its Duties, Trials, Joys* (London: Seeley Jackson, and Halliday, 1855).
6 Mason 65.
7 Mason 70.
8 F. M. L. Thompson, *The Rise of Respectable Society: A Social History of Victorian Britain 1830–1900* (Cambridge, MA: Harvard UP, 1988) 251.
9 Thompson 251.
10 Mason 64.
11 Lynda Nead, *Myths of Sexuality: Representations of Women in Victorian Britain* (Oxford: Basil Blackwell, 1988).
12 Nead 129.
13 Nead 71–86.
14 Nicholas Rance, *Wilkie Collins and Other Sensation Novelists* (Rutherford, Madison, Teaneck: Fairleigh Dickinson UP, 1991) Ch. 5.
15 J. Perkin 247.
16 Elizabeth Langland, *Nobody's Angels: Middle-Class Women and Domestic Ideology in Victorian Culture* (Ithaca and London: Cornell UP, 1995) Ch. 2.
17 Stephen Jay Gould, *Ever Since Darwin* (New York & London: W. W. Norton, 1977) Ch. 27.
18 Henry Maudsley, "Sex in Mind and in Education," *Fortnightly Review* 15 (1874): 468.
19 Maudsley 467.

20 Maudsley 471.
21 Joan Perkin, *Victorian Women* (London: John Murray, 1993) 238.
22 Thompson 89.
23 W. E. Houghton, *The Victorian Frame of Mind* (New Haven and London: Yale UP, 1957) 398.
24 Thompson 307.
25 George Moore,, "A New Censorship of Literature," *Literature at Nurse, or Circulating Morals: A Polemic on Victorian Censorship*, ed. Pierre Coustillas (Sussex: Hervester Press, 1976) 27-32.
26 George Moore, *Literature at Nurse or Circulating Morals* (London: Vizetelly & Co., 1885).

1章　エルフリード・スワンコートの「過去」『青い眼』

1 Thomas Hardy, *A Pair of Blue Eyes* (Macmillan Paperbacks, 1975) 342. 以下作品からの引用は本文中にページ数を示す。
2 Millgate, *Thomas Hardy: A Biography* 144-45.
3 Richard Little Purdy, *Thomas Hardy: A Bibliographical Study* (Oxford: Clarendon Press, 1954) 11-12.
4 F. E. Hardy 95.
5 Robert Gittings, *Young Thomas Hardy* (London: Heinemann, 1975) 169.
6 一九一二年の序文で、『青い眼』の問題があとの作品で、より一層展開して扱われていると述べている。主題からいってこれが『テス』であることは明白である。『青い眼』と『テス』は想像されている以上に密接に関係しあっていると筆者は考えている。

2章　バスシーバ・エヴァディーンの三人の男たち『はるか群衆を離れて』

1 F. E. Hardy 96.

2 Purdy 336.
3 F. E. Hardy 95.
4 Purdy 336.
5 Richard L. Purdy and Michael Millgate, eds., *The Collected Letters of Thomas Hardy*, vol. 1 (Oxford: Clarendon Press, 1978) 28.
6 Simon Gatrell, "Hardy the Creator: *Far from the Madding Crowd*," *Critical Approaches to the Fiction of Thomas Hardy*, ed. Dale Kramer (London: Macmillan, 1979) 88.
7 John Bayley, Introduction to *Far from the Madding Crowd* (Macmillan Paperbacks, 1979) 16.
8 John Goode, *Thomas Hardy: The Offensive Truth* (Oxford: Basil Blackwell, 1988) 30.
9 R. G. Cox, ed., *Thomas Hardy: The Critical Heritage* (New York: Barnes & Noble, Inc., 1970) 21.
10 Cox 28.
11 Cox 29.
12 Cox 30.
13 Cox 31.
14 Thomas Hardy, *Far from the Madding Crowd* (Macmillan Paperbacks, 1985) 50. 以下作品からの引用は本文中にページ数を示す。
15 Michael Millgate, *Thomas Hardy: His Career as a Novelist* (London: Macmillan, 1985) 89-90.
16 Bayley 21.
17 Rosemarie Morgan は *Women and Sexuality in the Novels of Thomas Hardy* (London: Routledge, 1988) の『青い眼』論で、ハーディが反因習的なヒロインを描くのに、語り手の傍白などの形を借りて非難するという戦略を用いることで、グランディストを欺くことに成功していると指摘している。『はるか群衆を離れて』にも同じ傾向が見いだされる。

3章　ユースティシア・ヴァイの反逆と死　『帰郷』

1 Millgate, *Thomas Hardy: A Biography* 198.
2 *The Collected Letters of Thomas Hardy*, vol. 1. 28.
3 *The Collected Letters of Thomas Hardy*, vol. 1. 28.
4 John Paterson, *The Making of The Return of the Native* (Berkeley and Los Angels: U of California P, 1960) 1-7. この点に関して Simon Gatrell は六種の version があることを指摘している。Simon Gatrell, ed., *The Return of the Native* (Oxford: Oxford UP, 1990) 443.
5 *The Collected Letters of Thomas Hardy* vol. 1. 50.
6 Thomas Hardy, *The Return of the Native* (Macmillan Paperbacks, 1985) 356. 以下作品からの引用は本文中にページ数を示す。
7 Paterson 16.
8 Peter Widdowson, *Hardy in History: A Study in Literary Sociology* (London: Routledge, 1989) 214-17.
9 C. Heywood, "*The Return of the Native* and Miss Braddon's *The Doctor's Wife*: A Probable Source," *Nineteenth Century Fiction* 18 (1963): 91-94.
10 M. E. Braddon, *The Doctor's Wife* (London: Simpkin, Marshall, Hamilton, Kent & Co. Ltd., 1864) 167. 以下本文中にページ数を示す。
11 Beer 243.
12 Purdy 27.
13 Paterson 113.
14 Penny Boumelha, *Thomas Hardy and Women: Sexual Ideology and Narrative Form* (Sussex: Harvester Press, 1982) 60.

15 Frank R. Giordano, Jr., "Eustacia Vye's Suicide," *Texas Studies in Literature and Language* 22 (1980): 60.
16 See Morgan 80.

4章　グレイス・メルベリーの「制度」との戦い　『森林地の人々』

1 F. E. Hardy 176.
2 F. E. Hardy 102.
3 この点に関しては拙論「『緑樹の陰で』のファンシー・デイ」『イギリス／小説／批評』小池滋、野島秀勝、高松雄一、前川祐一編（南雲堂、一九八六）を参照されたい。
4 Thomas Hardy, *The Woodlanders* (Macmillan Paperbacks, 1974) 246. 以下本文中にページ数を示す。
5 Mary Jacobus, "Tree and Machine: *The Woodlanders*," *Critical Approaches to the Fiction of Thomas Hardy*, ed. Dale Kramer (London: Macmillan, 1979) 117.
6 F. E. Hardy 176.
7 F. E. Hardy 176.
8 F. E. Hardy 177.
9 Boumelha 93–94.
10 David Lodge, Introduction to *The Woodlanders* (Macmillan Paperbacks, 1974) 17.
11 Boumelha 288.
12 David Lodge, "Hardy's Revisions," *The Woodlanders* (Macmillan Paperbacks, 1974) 402–6.
13 F. E. Hardy 220.

5章　「清純な女」テス　『ダーバヴィル家のテス』

1 トマス・ハーディは'pure'の語に、精神的及び肉体的な多層の意味を付与している。「清純な」という日本語もそういう多層な意味を付加して用いる。

2 See Purdy 68–70; Millgate, *Thomas Hardy: A Biography* 307.

3 Cox 214–21.

4 F. E. Hardy 246.

5 Cox 300–15.

6 Patricia Ingham, *Thomas Hardy* (London: Harvester, 1989) 88.

7 Thomas Hardy, Preface to the Fifth and Later Editions, *Tess of the d'Urbervilles* (Macmillan Paperbacks, 1985) 24.

8 F. B. Pinion, *Thomas Hardy: Art and Thought* (London: Macmillan, 1977) 134–35.

9 *The Collected Letters of Thomas Hardy*, vol. 1. 251.

10 Orel 133.

11 J. T. Laird, "New Light on the Evolution of *Tess of the d'Urbervilles,*" *Review of English Studies* 124 (1980): 414–35.

12 See Purdy 71; *The Collected Letters*, vol. 1. 194; Laird 422; Millgate, *Thomas Hardy: A Biography* 295.

13 Laird, *The Shaping of Tess of the d'Urbervilles* (Oxford: Oxford UP, 1975) 21–27.

14 Laird, *The Shaping* 4.

15 Thomas Hardy, *Tess of the d'Urberville* (Macmillan Paperbacks, 1985) 106. 以下本文中にページ数を示す。

16 Tony Tanner, "Colour and Movement in Hardy's *Tess of the d'Urbervilles,*" *Tess of the d'Urbervilles,* ed. Harold Bloom (New York: Chelsea House Publishers, 1987) 9–23.

17 F. E. Hardy 221.

18 Orel 125.

19 Kathleen Blake, "Pure Tess: Hardy on Knowing a Woman," *Tess of the d'Urbervilles*, ed. Harold Bloom, 97.

20 Laird, *The Shaping* 125.

21 Mary Jacobus, "Tess's Purity," *Essays in Criticism* 36 (1976): 318–38.

6章 「不可解な女」スー 『日陰者ジュード』

1 Patricia Ingham, Introduction to *Jude the Obscure* (Oxford Paperbacks, 1985) xii.

2 Ingham, Introduction, xii.

3 William R. Goetz, "The Felicity and Infelicity of Marriage in *Jude the Obscure*," *Nineteenth Century Fiction* 38 (1983): 213.

4 Purdy 87.

5 Thomas Hardy, *Jude the Obscure* (Macmillan Paperbacks, 1986) 249. 以下作品からの引用は本文中にページ数を示す。

6 John Paterson, "The Genesis of *Jude the Obscure*," *Studies in Philology* 57 (1960): 87–98.

7 Patricia Ingham, "The Evolution of *Jude the Obscure*," *Review of English Studies* 27 (1976): 27–37, 159–69.

8 Ingham, "The Evolution" 37.

9 Boumelha 141.

10 Williams 49–52.

11 William R. Rutland, *Thomas Hardy* (Oxford: Basil Blackwell, 1938) 252.

12 Kathleen Blake, "Sue Bridehead, 'The Woman of the Feminist Movement,'" *Jude the Obscure*, ed. Harold Bloom (New York: Chelsea House Publishers, 1987) 82.

13 Blake 87.

14 Boumelha 147.

15 Kristin Brady, "Textual Hysteria: Hardy's Narrator on Women," *The Sense of Sex*, ed. Margaret Higonnet

(Urbana and Chicago: U of Illinois P, 1993) 92-97.

16 Brady 92-97.

17 See Houghton, Part III.

18 See Russett.

19 Boumelha 153.

20 避妊に関しては一八世紀末から一九世紀をとおして、秘かに様々な方法が実行されていないわけではなかったが、一般にはまだあまり馴染みのないものであった。イギリスにおけるバース・コントロールの普及の問題は女性の自立にとっては極めて重要であり、下記ではかなり詳細に論じられている。See Mason Ch. 4.

21 本書一九七ページで述べているように、ハーディはジュードに社会の習慣や迷信を批判させて次のように言わせている。「私たちが不幸にも生きているこの時代の野蛮なこと、残酷なこと、迷信といったものを後の世の人々が振り返って見たらこの煩わしい生活は自然の持っている条件よりも、われわれに良かれと取り決められた様々な文明の条件により多く起因していることが、一層はっきりと判るのではなかろうか。自然の条件にも問題は多々あるのだけれど、文明の条件は自然に何の根拠もおいてはいないのだ」。当然ながらここでハーディは文明の条件とともに自然の条件が持つ矛盾や不合理を指摘している。幼いジュードは仰向けに寝そべり、麦わら帽子を顔に引きずりおろして、麦わらの編み目の隙間から洩れてくる陽の光を眺めながら、自然の法則の残酷さを考える。「生物のなかのある種に慈悲を施せば、それは他の種にとって残酷なものとなるとは」（一一）と。またスーは「あー、自然の法則とはどうしてお互いに殺し合うことなの」（二六一）と泣きながら、鳩を篭から放ってやる。ハーディは自然の法則の持つ「どうしようもない」苛酷さを十二分に認識した上で、文明の持つ条件の改善を切望したのである。

トマス・ハーディ主要文献（小説を中心とした、比較的新しく、基本的なもの）

Works

The New Wessex Edition (London: Macmillan)

The Novels of Thomas Hardy, 14 Vols., General Editor, P. N. Furbank.

Desperate Remedies, ed. C. J. P. Beatty; *Under the Greenwood Tree*, ed. Geoffrey Grigson; *A Pair of Blue Eyes*, ed. Ronald Blythe; *Far from the Madding Crowd*, ed. John Bayley; *The Hand of Ethelberta*, ed. Robert Gittings; *The Return of the Native*, ed. Derwent May; *The Trumpet Major*, ed. Barbara Hardy; *A Laodicean*, ed. Barbara Hardy; *Two on a Tower*, ed. Frank. B. Pinion; *The Mayor of Casterbridge*, ed. Ian Gregor; *The Woodlanders*, ed. David Lodge; *Tess of the d'Urbervilles*, ed. Philip Nicholas Furbank; *Jude the Obscure*, ed. Terry Eagleton; *The Well-Beloved*, ed. Joseph Hillis Miller.

The Complete Poems, ed. James Gibson.

The Dynasts, ed. Harold Orel.

Oxford World's Classics (Oxford: Oxford UP)

General Editor, Simon Gatrell.

An Indiscretion in the Life of an Heiress, ed. Pamela Dalziel; *Under the Greenwood Tree*, ed. Simon Gatrell; *A Pair of Blue Eyes*, ed. Alan Manford; *Far from the Madding Crowd*, ed. Suzanne B. Falck-Yi; *The Return of the Native*, ed. Simon Gatrell and Nancy Barrineau; *The Trumpet Major*, ed. Richard Nemesvari; *A Laodicean*, ed.

Jane Gatewood; *Two on a Tower*, ed. Suleiman M. Ahmad; *The Mayor of Casterbridge*, ed. Dale Kramer; *The Woodlanders*, ed. Dale Kramer; *Tess of the d'Urbervilles*, ed. Juliet Grindle and Simon Gatrell; *Jude the Obscure*, ed. Patricia Ingham; *The Well-Beloved*, ed. Tom Hetherington; *Life's Little Ironies*, ed. Alan Manford; *Selected Poetry*, ed. Samuel Hynes; *Wessex Tales*, ed. Kathryn King.

Penguin Classics

General Editor, Patricia Ingham.

Desperate Remedies, ed. Mary Rimmer; *A Pair of Blue Eyes*, ed. Pamela Dalziel; *Far from the Madding Crowd*, ed. Rosemarie Morgan; *The Hand of Ethelberta*, ed. Tim Dolin; *The Return of the Native*, ed. George Woodcock; *The Trumpet Major*, ed. Linda M. Shires; *A Laodicean*, ed. John Schad; *Two on a Tower*, ed. Sally Shuttleworth; *The Mayor of Casterbridge*, ed. Keith Wilson; *The Woodlanders*, ed. Patricia Ingham; *Tess of the d'Urbervilles*, ed. Tim Dolin; *Jude the Obscure*, ed. Dennis Taylor; *The Pursuit of the Well-Beloved and the Well-Beloved*, ed. Patricia Ingham; *Distracted Preacher*, ed. Susan Hill; "*The Withered Arm" and Other Stories*, ed. Kristin Brady; *Selected Poems*, ed. Robert Mezey; *Selected Poems*, ed. Harry Thomas.

Clarendon Edition (Oxford: Clarendon Press)

The Woodlanders, ed. Dale Kramer (1981); *Tess of the d'Urbervilles*, ed. Juliet Grindle and Simon Gatrell (1983).

Personal Writings

Orel, Harold, ed. *Thomas Hardy's Personal Writings*. London: Macmillan, 1967.

Taylor, Richard H., ed. *The Personal Notebooks of Thomas Hardy*. London: Macmillan, 1978.

Bjork, Lennart A. *The Literary Notebooks of Thomas Hardy*. Vol. 1–2. London: Macmillan, 1985.

Letters

Purdy, Richard Little, and Michael Millgate, eds. *The Collected Letters of Thomas Hardy*. Vol. 1-7. Oxford: Clarendon Press, 1978-88.

Biographical Studies (including books about his wives)

Gibson, James. *Thomas Hardy: A Literary Life*. London: Macmillan, 1996.

Gittings, Robert. *Young Thomas Hardy*. London: Heinemann, 1975.

———. *The Older Hardy*. London: Heinemann, 1978.

Gittings, Robert, and Jo Manton. *The Second Mrs Hardy*. London: Heinemann, 1979.

Hardy, Emma. *Some Recollections*. Ed. Evelyn Hardy and Robert Gittings. Oxford: Oxford UP, 1979.

———. *Diaries*. Ed. Richard H. Taylor. Manchester: Mid Northumberland Arts Group and Carcanet New Press, 1985.

Hardy, Florence Emily. *The Early Years of Thomas Hardy: 1840-1891*. London: Macmillan, 1928.

———. *The Later Years of Thomas Hardy: 1892-1928*. London: Macmillan, 1930.

———. *The Life of Thomas Hardy: 1840-1928*. London: Macmillan, 1962. として纏められた。

Hawkins, Desmond. *Hardy: Novelist and Poet*. Newton and Abbot: David & Charles, 1976.

Kay-Robinson, Denys. *The First Mrs Thomas Hardy*. New York: St. Martin's Press, 1979.

Millgate, Michael. *Thomas Hardy: A Biography*. Oxford: Oxford UP, 1982.

———, ed. *The Life and Work of Thomas Hardy by Thomas Hardy*. London: Macmillan, 1984.

———, ed. *Letters of Emma and Florence*. Oxford: Clarendon Press, 1996.

Page, Norman, ed. *Thomas Hardy: Family History*. Vol. 1-5. London: Thoemmes Press, 1998.

Seymour-Smith, Martin. *Hardy*. London: Bloomsbury, 1994.

Turner, P. D. L. *The Life of Thomas Hardy: A Critical Biography*. Oxford: Blackwell Publishers, 1998.

Critical Studies

Bayley, John. *An Essay on Hardy*. Cambridge: Cambridge UP, 1978.

Bloom, Harold, ed. *Thomas Hardy*. New York: Chelsea, 1987.

——, ed. *Modern Critical Interpretations: The Return of the Native*. New York: Chelsea, 1987.

——, ed. *Modern Critical Interpretations: The Mayor of Casterbridge*. New York: Chelsea, 1987.

——, ed. *Modern Critical Interpretations: Tess of the d'Urbervilles*. New York: Chelsea, 1987.

——, ed. *Modern Critical Interpretations: Jude the Obscure*. New York: Chelsea, 1987.

Boumelha, Penny. *Thomas Hardy and Women: Sexual Ideology and Narrative Form*. Sussex: Harvester, 1982.

——, ed. *Jude the Obscure*. 'New Casebooks' London: Macmillan, 1996.

Brady, Kristin. *The Short Stories of Thomas Hardy*. London: Macmillan, 1982.

Brooks, Jean. *Thomas Hardy: The Poetic Structure*. London: Elk Books, 1971.

Bullen, J. B. *The Expressive Eye: Fiction and Perception in the Work of Thomas Hardy*. Oxford: Oxford UP, 1986.

Butler, Lance St John, ed. *Thomas Hardy after Fifty Years*. London: Macmillan, 1977.

——, ed. *Alternative Hardy*. London: Macmillan, 1989.

Cassagrande, Peter J. *Unity in Hardy's Novels*. London: Macmillan, 1982.

——. *Hardy's Influence on the Modern Novel*. London: Macmillan, 1987.

Chapman, Raymond. *The Language of Hardy*. London: Macmillan, 1990.

Collins, Deborah L. *Thomas Hardy and His God: A Liturgy of Unbelief*. London: Macmillan, 1990.

Cox, R. G., ed. *Thomas Hardy: The Critical Heritage*. London: Routledge and Kegan Paul, 1970.

Dalziel, Pamela, and Michael Millgate, eds. *Thomas Hardy's "Studies, Speciments Ets." Notebook*. Oxford: Clarendon Press, 1994.
Fisher, Joe. *The Hidden Hardy*. London: Macmillan, 1992.
Garson, Marjorie. *Hardy's Fables of Integrity: Woman, Body, Text*. Oxford: Clarendon Press, 1991.
Gatrell, Simon. *Hardy the Creator: A Textual Biography*. Oxford: Clarendon Press, 1988.
______. *Thomas Hardy and the Proper Study of Mankind*. London: Macmillan, 1993.
Gibson, James. *Thomas Hardy: A Literary Life*. London: Macmillan, 1996.
Giordano, Frank R., Jr. *'I'd Have My Life Unbe': Thomas Hardy's Self-Destructive Characters*. Alabama: U of Alabama P, 1984.
Goode, John. *Thomas Hardy: The Offensive Truth*. Oxford: Basil Blackwell, 1988.
Gregor, Ian. *The Great Web: The Form of Hardy's Major Fiction*. London: Faber, 1974.
Grundy, Joan. *Hardy and the Sister Arts*. London: Macmillan, 1979.
Hands, Timothy. *Thomas Hardy: Distracted Preacher?* London: Macmillan, 1989.
______. *Thomas Hardy*. London: Macmillan, 1995.
Hardy, Evelyn. *The Countryman's Ear and Other Essays on Thomas Hardy*. Padstow: Tabb House, 1982.
Higonnet, Margaret, ed. *The Sense of Sex: Feminist Perspectives on Hardy*. Chicago: U of Illinois P, 1993.
Ingham, Patricia. *Thomas Hardy*. Hemel Hempstead: Harvester, 1989.
Jacobus, Mary, ed. *Women Writing and Writing about Women*. London: Croom Helm, 1979.
Jedrzejewski, Jan. *Thomas Hardy and the Church*. London: Macmillan, 1996.
Kay-Robinson, Denys. *Hardy's Wessex*. Newton Abbot: David & Charles, 1972.
Kramer, Dale, ed. *Critical Approaches to the Fiction of Thomas Hardy*. London: Macmillan, 1979.
______, ed. *Critical Essays on Thomas Hardy: The Novels*. New York: G. K. Hall, 1990.

______, ed. *The Cambridge Companion to Thomas Hardy*. Cambridge: Cambridge UP, 1999.

Laird, J. T. *The Shaping of Tess of the d'Urbervilles*. Oxford: Oxford UP, 1975.

Lea, Herman. *Thomas Hardy's Wessex*. 1913, London: Macmillan, 1977.

Ledger, Sally. *The New Woman: Fiction and Feminism at the "Fin de siecle."* Manchester: Manchester UP, 1997.

Lipshitz, Susan, ed. *Tearing the Veil: Essays on Femininity*. London: Kegan Paul, 1978.

Lucas, John. *The Literature of Change: Studies in the Nineteenth Century Provincial Novel*. Hassocks: Harvester, 1977.

Mallett, Phillip and Ronald P. Draper, eds. *A Spacious Vision: Essays on Hardy*. Newmill: Patten Press, 1994.

Miller, J. Hillis. *Thomas Hardy: Distance and Desire*. Oxford: Oxford UP, 1970.

______. *Fiction and Repetition: Seven English Novels*. Cambridge, MA: Harvard UP, 1982.

Millgate, Michael. *Thomas Hardy: His Career as a Novelist*. London: Bodley Head, 1971.

Moore, Kevin Z. *The Descent of the Imagination: Postromantic Culture in the Later Novels of Thomas Hardy*. London: Routledge, 1988.

Morgan, Rosemarie. *Women and Sexuality in the Novels of Thomas Hardy*. London and New York: Routledge, 1988.

Orel, Harold. *The Unknown Thomas Hardy: Lesser-Known Aspects of Hardy's Life and Career*. Brighton: The Harvester Press, 1987.

O'Toole, Tess. *Genealogy and Fiction in Hardy*. London: Macmillan, 1997.

Page, Norman, ed. *Thomas Hardy: The Writer and His Background*. London: Bell and Hyman, 1980.

______, ed. *Thomas Hardy Annual, no. 1*. London: Macmillan, 1982.

______, ed. *Thomas Hardy Annual, no. 2*. London: Macmillan, 1983–84.

______, ed. *Thomas Hardy Annual, no. 3*. London: Macmillan, 1985.

______, ed. *Thomas Hardy Annual, no. 4*. London: Macmillan, 1986.
______, ed. *Thomas Hardy Annual, no. 5*. London: Macmillan, 1987.
Paterson, John. *The Making of The Return of the Native*. Berkeley and Los Angels: U of California P, 1960.
Pettit, Charles P. C., ed. *New Perspectives on Thomas Hardy*. London: Macmillan, 1994.
______, ed. *Celebrating Thomas Hardy: Insights and Appreciations*. London: Macmillan, 1996.
______, ed. *Reading Thomas Hardy*. London: Macmillan, 1998.
Pinion, F. R. *A Hardy Companion*. 1968, London: Macmillan, 1978.
______. *Thomas Hardy: Art and Thought*. London: Macmillan, 1977.
______. *Thomas Hardy: His Life and Friends*. London: Macmillan, 1992.
Purdy, Richard Little. *Thomas Hardy: A Bibliographical Study*. Oxford: Oxford UP, 1954.
Rutland, William R. *Thomas Hardy: A Study of His Writings and Their Background*. Oxford: Basil Blackwell, 1938.
Sherrick, Julie. *Thomas Hardy's Major Novels: An Annotated Bibliography*. Lanham: The Scarecrow Press, Inc., 1998.
Springer, Marlene. *Hardy's Use of Allusion*. London: Macmillan, 1983.
Stubbs, Patricia. *Women and Fiction: Feminism and the Novel 1880–1920*. Brighton: Harvester, 1979.
Sumner, Rosemary. *Thomas Hardy: Psychological Novelist*. London: Macmillan, 1981.
Taylor, Richard H. *The Neglected Hardy: Thomas Hardy's Lesser Novels*. London: Macmillan, 1982.
Thomas, Jane. *Thomas Hardy, Femininity and Dissent: Reassessing the 'Minor' Novels*. London: Macmillan, 1999.
Vigar, Penelope. *The Novels of Thomas Hardy: Illusion and Reality*. London: Athlone Press, 1974.
Widdowson, Peter. *Hardy in History: A Study in Literary Sociology*. London: Routledge, 1989.
______, ed. *Tess of the d'Urbervilles*. 'New Casebooks' London: Macmillan, 1993.

———. *On Thomas Hardy: Late Essays and Earlier*. London: Macmillan, 1998.
Williams, Merryn. *Thomas Hardy and Rural England*. London: Macmillan, 1972.
Wotton, George. *Thomas Hardy: Towards a Materialist Criticism*. Dublin: Gill and Macmillan, 1985.
Wright, T. R. *Hardy and the Erotic*. London: Macmillan, 1989.

邦語文献（研究書）

安藤勝夫・東郷秀光・船山良一（編）『なぜ「日陰者ジュード」を読むか』英宝社、一九九七。

鮎沢乗光『トマス・ハーディの小説の世界』開文社、一九八四。

藤井繁『トマス・ハーディ叙事詩劇「ディナスツ」研究』千城、一九七四。

『残照　トマス・ハーディの挽歌』千城、一九八二。

『黄昏　トマス・ハーディの小説』千城、一九八八。

『晩鐘　トマス・ハーディの詩』千城、一九九〇。

藤田繁訳・著『古き焔があと　トマス・ハーディ「一九一二―一三年の詩」』十月社、一九九八。

深澤俊『ハーディ』れんが書房、一九七一。

深澤俊著・訳『T・ハーディ』（講座イギリス文学作品論九）英潮社、一九七八。

深澤俊（編）『ハーディ小辞典』研究社、一九九三。

船山良一『文学のリアリティとは何か―トマス・ハーディ後期小説の世界』かもがわ出版、一九九六。

福岡忠雄『虚構の田園　ハーディの小説』あぽろん社、一九九五。

本多顕彰（編）『ハーディ』（二十世紀英米文学案内）研究社、一九六九。

飯島隆『ハーディ小説の美学』千城、一九七七。

石川康弘『トマス・ハーディ―その知られざる世界』北星堂書店、一九九九。

一九世紀英文学研究会編『「テス」についての一三章』英宝社、一九九五。

上山泰『トマス・ハーディと作家たち―比較文学研究』創元社、一九九六。

金子正信『ハーディ文学試論』千城、一九九〇。

倉持三郎『トマス・ハーディ』清水書院、一九九九。

森松健介、玉井暲、土岐恆二、井出弘之『トマス・ハーディと世紀末』英宝社、一九九八。

中村志郎『ハーディの小説―その解析と鑑賞―』英潮社新社、一九九〇。

那須雅吾『ハーディの小説・変遷と軌跡　人間の証しを求めて』英宝社、一九九八。

小田稔『トマス・ハーディ　翼を奪われた鳥』篠崎書林、一九九五。

大沢衛、吉川道夫、藤田繁（編）『二十世紀文学の先駆者トマス・ハーディ』篠崎書林、一九七五。

佐野晃『ハーディ―開いた精神の軌跡』冬樹社、一九八一。

高橋和子『不可知論の世界　T・ハーディをめぐって』創元社、一九九三。

滝山季乃『ハーディ小説研究』篠崎書林、一九七七。

内田能嗣、大榎茂行（編）『トマス・ハーディのふるさと―写真と作品』京都修学社、一九九五。

山本文之助『トマス・ハーディ文学論考』千城、一九六二、一九六三。

『トマス・ハーディの書誌』（一九六九―一九七九）千城、一九八〇。

あとがき

ハーディとは何者か、ハーディの小説の女たちは何者か、ハーディの文学の位置とは、といった問題に関心を持ち始めてから久しい。ハーディの小説を初めて本格的に読んだのは『二〇世紀文学の先駆者・トマス・ハーディ』（大沢衛・吉川道夫・藤田繁編、篠崎書林、一九七五）に執筆の機会を与えられた時で二〇年以上も前のことになる。小説の女たちのみずみずしくも赤裸々なセクシュアリティが描かれていて、その新しさに妙に感心した。たとえばジェイン・オースティン、チャールズ・ディケンズ、ジョージ・エリオットといった作家が描く女たちとどうしてこうも違っているのだろうか。そんな疑問をもってハーディの初期の小説から一作ずつ読んできた。そうしたなかで、新しいと思っていたハーディの女たちが、また奇妙に古いことにも気づかざるをえなかった。新しくも古い女たちは何を表し、その特質はどこからくるのか。ハーディの小説を時代の様々な言説のなかでのテクストとして読まなければ、捉えられないのではないか。二〇年余も前の私の素朴な関心は次第に時代のテクストという網の目のなかに取り込まれていった。

序論はハーディの小説の女たちを読み解くためのおおまかな手掛かりである。何故なら、女の状況をめぐって新しさと古さがダイナミックに交錯する場のなかでハーディの小説が読まれてこそ、始めてハーディの小説の意味は理解できると考えたからである。ハーディの小説はまさに時代を織りなす一つのテクストなのだから。不十分なものではあるが、今回自分なりに整理してみた。各小説では、おのずからそれと関連してそれぞれのテクストの問題点を論じている。ただ各小説について書いた時期に時間的ずれがあるので、この際できるかぎり手を入れ、全体の主題の統一を心掛けたつもりである。それぞれの小説に時代の「女」という制度や言説を照射させることで、小説家ハーディの内奥が少しは見えてきたと思っている。

ドーセットの片田舎に石工の息子として生まれ、ペン一本で当時の文壇の頂点に登りつめたトマス・ハーディは実に勤勉な作家である。「私は一日たりともペンを持たないで過ごしたことはない。ペンを持つというそのことでことは始まるのだ。……気分が乗るのを待ったりしないことが大切なのだ」と語り、晩年になっても午前中を書斎で過ごすという習慣は頑として守った。そのペンから紡ぎだされた詩、小説、詩劇は、その量、質ともに膨大であり、壮大でもある。その全貌を読み解くことは時代も、国も、言葉も異なる人間にとってかなり困難な仕事である。『「女」

という制度―トマス・ハーディの小説と女たち』について、なにほどのことが言いえたのか、あるいは言いえたと思っているのか、そしていかに多くのことを論じ残したかを考えると、心もとなく、自分の非力を痛感する。大方のご批正を頂きたい。

ハーディのテクストは長い間、定版と考えられ、広く受け入れられてきたニュー・ウエセックス版に対して、サイモン・ギャットレル監修のオックスフォード・ワールド・クラシック版とパトリシャ・インガム監修のペンギン・クラシック版が最近相次いで出版されたことで、テクストの差異や生成をめぐって様々な論議がなされている。多様な要因によって削除、訂正され、まるで軟体動物のように部分部分の姿を変えるテクストをどう読めばいいのか、研究者には新しい課題が突きつけられたと言えよう。本書はニュー・ウエセックス版に因っているが、今後、このテクストの問題はますます重要になってくるであろう。

このようなささやかな書でも、出来上がるまでには大勢の方のご恩を受けた。津田塾大学英文学科の先輩や同僚の先生方には共に教育と研究に携わるなかで、お世話になったことを感謝したい。特に恩師である津田塾大学名誉教授の近藤いね子先生には学生時代から今日までご指導頂き、イギリス小説とハーディへの道を開いて頂いた。また英語学の泰斗である畏友中尾俊夫教授は「そろそろまとめられてはいかがですか」と本書の出版に向けて背中を押して下さった。津田塾大学の英文学科及び大学院文学研究科で、一緒にハーディやイギリス小説を読んだ学生や院生の皆さんにも感謝したい。レベルの高い授業から与えられた知的興奮は忘れがたいものである。また気鋭のイギリス小説研究者である上原早苗さん（名古屋大学言語文化部助教授）とは彼女が津田塾大学の院生時代から共にハーディを読んできた。ハーディへの関心を共有できた喜びは格別である。

日本ハーディ協会の深澤俊会長と会員の皆様や英国の国際トマス・ハーディ協会の欧米の研究者たちからはいつも貴重なハーディ理解への指針を与えて頂いた。さらに南雲堂の原信雄氏には有益なご助言を頂いたことを深く御礼申し上げる。また本書の出版にあたり、一部津田塾大学出版助成金を頂いたことを記し深謝したい。最後に私事にわたり恐縮であるが、この書を二人の女たち、土屋むらと平尾久子に捧げたい。二人の母たちは海外単身赴任の長かった夫の留守中何度となく駆けつけて、仕事と子育てに格闘する筆者を助けてくれた。二人に支えられて、仕事が続けられたことを心から有難く思う。

二〇〇〇年一月

土屋倭子

初出一覧

序論　一部日本ハーディ協会第三九回大会（一九九六）シンポジウム「ハーディ後期小説の〈女〉を読む」（司会土屋倭子）で発表。

一章　『青い眼』―エルフリード・スワンコートにみる「過去」の意味　『津田塾大学紀要』第一八号（一九八六）

二章　『はるか群衆を離れて』―バスシーバ・エヴァディーンをめぐる三人の男たち　『津田塾大学紀要』第二二号（一九九〇）

三章　『帰郷』―ユーステイシア・ヴァイの反逆と死　『津田塾大学紀要』第二七号（一九九五）

四章　『森林地の人々』―グレイス・メルベリーの「制度」との戦い　『津田塾大学紀要』第二三号（一九九一）

五章　日本英文学会第五八回（一九八六）における口頭発表「テスの清純さを考える」及び『津田塾大学紀要』第二九号（一九九七）『ダーバヴィル家のテス』―「清純な女」テスを考える。

六章　『日陰者ジュード』―「不可解な女」スー・ブライドヘッドを読み解く　『津田塾大学紀要』第三〇号（一九九八）

ボディション　Barbara Bodichon　29
母性　67-69, 199, 214-15, 219-21
ホブズボーム　E. J. Hobsbawm　26

マッケンジー　W. B. Mackenzie　42-43
マッシンガム　H. W. Massingham　76, 166
マルサス　T. R. Malthus　36
『ミドルマーチ』 *Middlemarch*　40
ミル　J. S. Mill　30, 36, 54,
ミルゲイト　Michael Millgate　82, 103, 167
ムア　George Moore　22, 76, 201
メイソン　Michael Mason　35, 39
メイヒュー　Henry Mayhew　55
メソディズム　Methodism　39, 44
メレディス　George Meredith　11, 14, 201
モーズリー　Henry Maudsley　66-67
モートン　Thomas Morton　72
モリス　Mowbray Morris　162, 165

「弱き器」 the weaker vessel　210-12

ラスキン　John Ruskin　43, 49-52
ラセット　Cynthia Eagle Russett　214
ラングランド　Elizabeth Langland　57
『緑樹の陰で』 *Under the Greenwood Tree*　11, 81-83, 95, 97-98, 103-4, 140-42, 145
リントン　E. L. Linton　21, 75
ルイス　Sarah Lewis　48, 52
ルファニュ　Le Fanu　12
レアド　J. T. Laird　166, 168-69, 179-80
レスペクタビリティ　Respectability　27, 33, 72, 74-75, 95, 115
労働者階級　The Working Class　26-28, 39, 45
ロセッティ　Dante Gabriel Rossetti　53-54
ロッジ　David Lodge　146
ロレンス　D. H. Lawrence　133-34

ワード　Helen Ward　223

ダーウィニズム　Darwinism　35, 58-66, 190, 214
『ダーバヴィル家のテス』 *Tess of the d'Urbervilles*　11, 18-19, 23, 44-46, 91-92, 95, 99, 140, 159-85, 187
第1次選挙法改正　The First Reform Bill　56
タナー　Tony Tanner　170
ダブル・スタンダード　32, 74, 95, 158, 169, 173, 176
チャーティスト運動　Chartism　26
中産階級　The Middle Class　25-28, 33, 39, 45-47, 49, 52-54, 56-57, 68-69, 72-74, 95, 151, 173, 181-82, 210
ディケンズ　Charles Dickens　12, 69
ティロットソン　Kathleen Tillotson　12-13
『伝記』 *The Life of Thomas Hardy 1840-1928*　10, 75, 160
ドメスティック・イデオロギー　Domestic Ideology　51-53, 69

ニード　Lynda Nead　52-54
ニュー・ウーマン・ノヴェル　New Woman Novel　9-10, 20-25, 34, 36, 145, 201
『人間の起源』 *The Descent of Man*　58-65
ノートン　Caroline Norton　31

ハーディ　Florence Emily Hardy　10
バース・コントロール　36-37
パーキン　Joan Perkin　29
パーディ　Richard L. Purdy　188
パターソン　John Paterson　117, 120, 132-33, 189
パトモア　Coventry Patmore　48-49
『はるか群衆を離れて』 *Far from the Madding Crowd*　11, 97-115, 117-18, 139-40
パンクハースト　Emmeline Pankhurst　34
ビア　Gillian Beer　130
ビーティ　C. J. P. Beatty　12
ビートン　Isabella Beeton　56
『日陰者ジュード』 *Jude the Obscure*　10-11, 19-20, 23, 69, 140, 142, 145, 158, 187-226
非国教会　38, 43-45
ヒックス　G. E. Hicks　52
「貧乏人と淑女」 The Poor Man and the Lady　10-11, 82, 100
ブーメラ　Penny Boumelha　134, 145, 198, 207, 214
フェミニズム　25, 30, 34-36, 204
フォーセット　Millicent Fawcett　222
福音主義運動　Evangelical Movement　39, 44-47, 173
父権制　225
ブラッドン　Mary Elizabeth Braddon　12, 15, 124-25
ブラディ　Kristin Brady　207
ブレイク　Kathleen Blake　178, 204
『フロス河畔の水車場』 *The Mill on the Floss*　80-81
ベイリィ　John Bayley　100, 114
ヘニカー夫人　Mrs Florence Henniker　201
ホートン　W. E. Houghton　73, 209-10
母権制　224-25

mon Prayer　40-41, 184, 202
ギフォード　Emma　L. Gifford　79
『窮余の策』 *Desperate Remedies*　10-12, 14-18, 20, 81-82, 100, 141, 169, 196
ギリシャ悲劇　117-19
グッド　John Goode　100
グランディズム　Grundyism　23, 70-76, 99, 133, 157, 160
グランド　Sarah Grand　22, 201
グリエスト　Guinevere　Griest　70
グレイン　J. T. Grein　156-57
クロッド　Edward Clodd　164
結婚制度　21-23, 35-36, 69, 91-92, 145, 150-58, 181-82, 184, 192-93, 204, 215-16, 219, 225
『恋の霊』 *The Well-Beloved*　11
衡平法　Equity　28, 30
ゴーツ　William R. Goetz　188
国教会　28-29, 38-47, 190
後日物語　'Aftercourses'　118
コモン・ロー　Common　Law　28-31
コリンズ　Wilkie　Collins　11-12, 14-15, 55
「婚姻訴訟法」 Matrimonial Causes Act　31-34, 54, 151-52

差別　60-64
サーキュレイティング・ライブラリ　Circulating　Library　24, 71, 73, 76, 157
シェイクスピア　William Shakespeare　74-75, 85, 161
ジェイムズ　Henry James　100-1
『ジェイン・エア』 *Jane　Eyre*　45
シェリー　P. B. Shelley　204, 207-9
ジェンダー　127-28
ジェントリー　Gentry　27
『種の起源』 *The　Origin　of Species*　54, 58-66
シュライナー　Olive　Schreiner　22
ショウオーター　Elaine Showalter　13, 22, 67
上流階級　The Upper Class　10, 26-27, 32, 38-39, 151
ジョーダン　Ellen Jordan　21
「女性雇用促進協会」 Association for Promoting the Employment of Women　34
ショパン　Kate Chopin　22
『森林地の人々』 *The Woodlanders*　11, 23, 32, 60, 139-58
スティーヴン　Leslie　Stephen　97-99, 102-3, 132
スマイルズ　Samuel　Smiles　27, 56
聖書
　「エペソ書」 42, 210
　「コリント後書」 188
　「コロサイ書」 42
　「ペテロ前書」 210
セクシュアリティ　16, 21-23, 34-37, 67-69, 115, 127, 130-1, 207
選挙権獲得運動　34
センセーション・ノヴェル　Sensation Novel　9-16, 20, 54-55, 82-83, 86, 126
ソシアリズム　35-36

ターナー　Graeme　Turner　37-38
ダーウィン　Charles　Darwin　54, 58-66, 214

索　引

『青い眼』 *A Pair of Blue Eyes* 11, 79–96, 117, 169–70
『アダム・ビード』 *Adam Bede* 73
「新しい女」 21, 25, 145, 199–203, 206, 214
アレン Grant Allen 22, 191, 201
『アン・ヴェロニカ』 *Ann Veronica* 204
アングリカニズム Anglicanism 102
「イギリス小説の率直さ」 "Candour in English Fiction" 23, 75, 157, 161
『医者の妻』 *The Doctor's Wife* 15, 124–27, 135
インガム Patricia Ingham 163, 187–89, 197
ウィドゥソン Peter Widdowson 124
ウイリアムズ Merryn Williams 227
ウェスレー John Wesley, Charles Wesley 44
ウエルズ H. G. Wells 74–75, 204
ウォートン Edith Wharton 22
宇宙意志 143–44
ウッド Mrs Henry Wood 12, 15
ウルストンクラフト Mary Wollstonecraft 30
ウルフ Virginia Woolf 22
エジャトン George Egerton 22
『エセルバータの手』 *The Hand of Ethelberta* 11
エティケット・ブック etiquette books (manuals) 56–57
エッグ Augustus L. Egg 53–54
エリオット George Eliot 40, 73, 80–81, 96
エリス Sarah Ellis 48, 52, 163
エリス Havelock Ellis 163
オウエン Robert Owen 35–36
オースティン Jane Austen 145
オリファント Margaret Oliphant 191–92
「女」という制度 10, 15, 21, 23–25, 37–38, 76–77, 93, 159, 176, 185, 199, 221–22

階級 Class 26–27, 57, 82, 109, 119–24, 127, 135
家庭の天使 21, 48–49, 210
『カスターブリッジの町長』 *The Mayor of Casterbridge* 11, 32, 139–40
カトリック教会 Catholic Church 29, 38
家父長制 224
カンパニオン companion 33
『帰郷』 *The Return of the Native* 11, 75, 117–38, 139–40
「既婚女性財産法」 30
ギッシング George Gissing 22, 25
ギティングズ Robert Gittings 86
『祈禱書』 *The Book of Com-*

著者について

土屋倭子（つちや　しずこ）

津田塾大学英文学科卒業。東京大学大学院修士課程修了。米国ブリンマー大学M・A・課程修了。現在津田塾大学教授。

著書　『トマス・ハーディ』（共著、篠崎書林）『イギリス/小説/批評』（共著、南雲堂）『ハーディ小事典』（共著、研究社）『H・G・ウェルズの小説の世界』（共著、英宝社）

訳書　H・G・ウェルズ『アン・ヴェロニカの冒険』（国書刊行会）

「女」という制度　トマス・ハーディの小説と女たち

二〇〇〇年五月二十日　第一刷発行

著　者　土屋倭子
発行者　南雲一範
装幀者　戸田ツトム＋岡孝治
発行所　株式会社南雲堂

東京都新宿区山吹町三六一　郵便番号一六二-〇八〇一
電話東京｛（〇三）三二六八-二三八四（営業部）
　　　　　（〇三）三二六八-二三八七（編集部）
振替口座　〇〇一六〇-〇-四六八六三
ファクシミリ（〇三）三二六〇-五四二五

印刷所　日本ハイコム株式会社
製本所　長山製本所
乱丁・落丁本は、小社通販係宛御送付下さい。
送料小社負担にて御取替えいたします。

〈1B-257〉〈検印廃止〉

ISBN4-523-29257-4 C3098